LES THIBAULT

ROGER MARTIN DU GARD

LES THIBAULT

PREMIÈRE PARTIE

LE CAHIER GRIS

QUARANTE ET UNIÈME ÉDITION

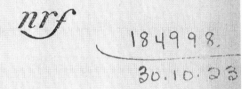

1922

ÉDITIONS DE LA
NOUVELLE REVUE FRANÇAISE
3, RUE DE GRENELLE. PARIS

IL A ÉTÉ TIRÉ DE CET OUVRAGE APRÈS
IMPOSITIONS SPÉCIALES 108 EXEMPLAIRES
IN-QUARTO TELLIÈRE SUR PAPIER VERGÉ
PUR FIL LAFUMA-NAVARRE DONT 8 HORS-
COMMERCE MARQUÉS DE A A H, 100 EXEM-
PLAIRES RÉSERVÉS AUX BIBLIOPHILES DE
LA NOUVELLE REVUE FRANÇAISE NUMÉROTÉS
DE I A C ET 790 EXEMPLAIRES DE L'ÉDITION
ORIGINALE SUR PAPIER VELIN PUR FIL LAFU-
MA-NAVARRE DONT 10 EXEMPLAIRES HORS-
COMMERCE MARQUÉS DE a A j, 750 EXEM-
PLAIRES NUMÉROTÉS DE 1 A 750 ET
30 EXEMPLAIRES D'AUTEUR HORS-COMMERCE
NUMÉROTÉS DE 751 A 780.

Je dédie

« Les Thibault »

à la mémoire fraternelle

de

PIERRE MARGARITIS

dont la mort, à l'hôpital militaire, le 30 octobre 1918, anéantit l'œuvre puissante qui mûrissait dans son cœur tourmenté et pur.

R. M. G.

PREMIÈRE PARTIE [1]

(1) J'aurais laissé paraître cet ouvrage sans avertissement si j'avais pu le présenter dans sa totalité. Mais
publier d'un coup un roman de huit ou dix volumes, c'est
une extravagance que ne peut se permettre, de nos jours, un
éditeur sensé, — si haut qu'il tienne sa firme au-dessus
des sollicitations commerciales.
Il faudra donc débiter cette œuvre par tranches, à
quelques mois d'intervalle. Je prie le lecteur de ne pas
chercher un tout dans chacun de ces fragments successifs,
et d'accepter provisoirement ce qui, faute d'une vue
d'ensemble, pourra lui paraître défaut d'ordonnance ou
de clarté — N. M. G.

I

Au coin de la rue de Vaugirard, comme ils longeaient déjà les bâtiments de l'École, M. Thibault, qui pendant le trajet n'avait pas adressé la parole à son fils, s'arrêta brusquement :

— « Ah, cette fois, Antoine, non, cette fois, ça dépasse !! » Le jeune homme ne répondit pas.

L'École était fermée. Il était neuf heures du soir. Un portier entr'ouvrit le guichet.

— « Savez-vous où est mon frère ? » cria Antoine. L'autre écarquilla les yeux.

M. Thibault frappa du pied.

— « Allez chercher l'abbé Binot. »

Le portier précéda les deux hommes jusqu'au parloir, tira de sa poche un rat-de-cave, et alluma le lustre.

Quelques minutes passèrent. M. Thibault, essoufflé, s'était laissé choir sur une chaise ; il murmura de nouveau, les dents serrées :

— « Cette fois, tu sais, non, cette fois ! »

— « Excusez-nous, Monsieur, » dit l'abbé Binot qui venait d'entrer sans bruit. Il était fort petit et dut se dresser pour poser la main sur l'épaule d'Antoine. « Bonjour, jeune docteur ! Qu'y a-t-il donc ? »

— « Où est mon frère ? »

— « Jacques ? »

— « Il n'est pas rentré de la journée ! », s'écria M. Thibault, qui s'était levé.

— « Mais, où était-il allé ? » fit l'abbé, sans trop de surprise.

— « Ici, parbleu ! A la consigne ! »

L'abbé glissa ses mains sous sa ceinture :

— « Jacques n'était pas consigné ».

— « Quoi ? »

— « Jacques n'a pas paru à l'École aujourd'hui. »

L'affaire se corsait. Antoine ne quittait pas du regard la figure du prêtre. M. Thibault secoua les épaules, et tourna vers l'abbé son visage bouffi, dont les lourdes paupières ne se soulevaient presque jamais :

— « Jacques nous a dit hier qu'il avait quatre heures de consigne. Il est parti, ce matin, à l'heure habituelle. Et puis, vers

onze heures, pendant que nous étions tous
à la messe, il est revenu, paraît-il : il n'a
trouvé que la cuisinière ; il a dit qu'il ne
reviendrait pas déjeuner parce qu'il avait
huit heures de consigne au lieu de quatre. »

— « Pure invention, » appuya l'abbé.

— « J'ai dû sortir à la fin de l'après-
midi », continua M. Thibault, « pour porter
ma chronique à la *Revue des Deux-Mondes*.
Le directeur recevait, je ne suis rentré que
pour le dîner. Jacques n'avait pas reparu.
Huit heures et demie, personne. J'ai pris
peur, j'ai envoyé chercher Antoine qui était
de garde à son hôpital. Et nous voilà. »

L'abbé pinçait les lèvres d'un air songeur.
M. Thibault entr'ouvrit les cils, et décocha
vers l'abbé puis vers son fils un regard
aigu.

— « Alors, Antoine ? »

— « Eh bien, père », fit le jeune homme,
« si c'est une escapade préméditée, cela
écarte l'hypothèse d'accident. »

Son attitude invitait au calme. M. Thibault prit une chaise et s'assit ; son esprit
agile suivait diverses pistes ; mais le visage,
paralysé par la graisse, n'exprimait rien.

— « Alors », répéta-t-il, « que faire ? »

Antoine réfléchit.

— « Ce soir, rien. Attendre. »

C'était évident. Mais l'impossibilité d'en finir tout de suite par un acte d'autorité, et la pensée du Congrès des Sciences Morales qui s'ouvrait à Bruxelles le surlendemain, et où il était invité à présider la section française, firent monter une bouffée de rage au front de M. Thibault. Il se leva.

— « Je le ferai chercher partout par les gendarmes ! » s'écria-t-il. « Est-ce qu'il y a encore une police en France ? Est-ce qu'on ne retrouve pas les malfaiteurs ? »

Sa jaquette pendait de chaque côté de son ventre ; les plis de son menton se pinçaient à tout instant entre les pointes de son col, et il donnait des coups de mâchoire en avant, comme un cheval qui tire sur sa bride. « Ah, vaurien », songea-t-il, « si seulement une bonne fois il se faisait broyer par un train ! » Et, le temps d'un éclair, tout lui parut aplani : son discours au Congrès, la vice-présidence peut-être... Mais, presque en même temps, il aperçut le petit sur une civière ; puis, dans une chapelle ardente, son attitude à lui, malheureux père, et la compassion de tous... Il eut honte.

— « Passer la nuit dans cette inquiétude ! » reprit-il à haute voix. « C'est dur, M. l'abbé, c'est dur, pour un père, de traverser des heures comme celles-ci. »

Il se dirigeait vers la porte. L'abbé tira les mains de sous sa ceinture.

— « Permettez », fit-il, en baissant les yeux.

Le lustre éclairait son front à demi-mangé par une frange noire, et son visage chafoin, qui s'amincissait en triangle jusqu'au menton. Deux taches roses parurent sur ses joues.

— « Nous hésitions à vous mettre, dès ce soir, au courant d'une histoire de votre garçon, — toute récente d'ailleurs, — et bien regrettable... Mais, après tout, nous estimons, qu'il peut y avoir là quelques indices... Et si vous avez un instant, Monsieur... »

L'accent picard alourdissait ses hésitations. M. Thibault, sans répondre, revint vers sa chaise et s'assit lourdement, les yeux clos.

— « Nous avons eu, Monsieur », poursuivit l'abbé, « à relever ces jours derniers contre votre garçon des fautes d'un caractère particulier... des fautes particulière-

15

ment graves... Nous l'avions même menacé de renvoi. Oh, pour l'effrayer, bien entendu. Il ne vous a parlé de rien ? »

— « Est-ce que vous ne savez pas comme il est hypocrite ? Il était silencieux comme d'habitude ! »

— « Le cher garçon, malgré de sérieux défauts, n'est pas foncièrement mauvais », rectifia l'abbé. « Et nous estimons qu'en cette dernière occasion, c'est surtout par faiblesse, par entraînement, qu'il a péché : l'influence d'un camarade dangereux, comme il y en a tant à Paris, d'un de ces malheureux garçons pervertis... »

M. Thibault coula vers le prêtre un coup d'œil inquiet.

— « Voici les faits, Monsieur, dans l'ordre : c'est jeudi dernier... » Il se recueillit une seconde, et reprit sur un ton presque joyeux : « Non, pardon, c'est avant-hier, vendredi, oui, vendredi matin pendant la grande étude. Un peu avant midi, nous sommes entrés dans la salle, rapidement comme nous faisons toujours... » Il cligna de l'œil du côté d'Antoine : « Nous tournons le bouton sans que la porte bouge, et nous ouvrons d'un seul coup.

PREMIÈRE PARTIE. I

« Donc, en entrant, nos yeux tombent sur l'ami Jacquot, que nous avons précisément placé bien en face de notre porte. Nous allons à lui, nous déplaçons son dictionnaire. Pincé ! Nous saisissons le volume suspect : un roman traduit de l'italien, d'un auteur dont nous avons oublié le nom : *Les Vierges aux Rochers.*

— « C'est du propre ! » cria M. Thibault.

— « L'air gêné du garçon semblait cacher autre chose : nous avons l'habitude. L'heure du repas approchait. A l'appel de la cloche, nous prions le maître d'étude de conduire les élèves au réfectoire, et, restés seuls, nous levons le pupitre de Jacques ; deux autres volumes : *Les Confessions* de J.-J. Rousseau ; et, ce qui est plus déshonnête encore, excusez-nous, Monsieur, un ignoble roman de Zola : *La faute de l'abbé Mouret.* »

— « Ah, le vaurien ! »

— « Nous allions refermer le pupitre, quand l'idée nous vient de passer la main par derrière la rangée des livres de classe ; et nous ramenons un cahier de toile grise, qui, au premier abord, nous devons le dire, n'avait aucun caractère clandestin. Nous

17

l'ouvrons, nous parcourons les premières pages... » L'abbé regarda les deux hommes de ses yeux vifs et sans douceur : « Nous étions édifiés. Aussitôt nous avons mis notre butin en sûreté, et pendant la récréation de midi, nous avons pu l'inventorier à loisir. Les livres, soigneusement reliés, portaient au dos, en bas, une initiale : F. Quant au cahier gris, la pièce capitale — la pièce à conviction — c'était une sorte de carnet de correspondance ; deux écritures très différentes : celle de Jacques, avec sa signature J. ; et une autre, que nous ne connaissions pas, dont la signature était un D majuscule. » Il fit une pause et baissa la voix : « Le ton, la teneur des lettres, ne laissaient, hélas ! aucun doute sur la nature de cette amitié. A ce point, Monsieur, que nous avons pris un instant cette écriture ferme et allongée pour celle d'une jeune fille, ou, pour mieux dire, d'une femme... Enfin, en analysant les textes, nous avons compris que cette graphie inconnue était celle d'un condisciple de Jacques, non pas d'un élève de notre maison, grâce à Dieu, mais d'un gamin que Jacques rencontrait sans doute au lycée. Afin d'en avoir confirmation, nous nous sommes rendus

le jour même auprès du censeur, — ce brave
M. Quillard », dit-il en se tournant vers
Antoine ; « c'est un homme inflexible et
qui a la triste expérience des internats.
L'identification a été immédiate. Le garçon
incriminé, qui signait D., est un élève de
troisième, un camarade de Jacques, et se
nomme Fontanin, Daniel de Fontanin. »

— « Fontanin ! Parfaitement ! » s'écria
Antoine. « Tu sais, père, ces gens qui habitent
Maisons-Laffitte, l'été, près de la forêt ?
En effet, en effet, plusieurs fois cet hiver
en rentrant le soir, j'ai surpris Jacques lisant
des livres de vers que lui avait prêtés ce
Fontanin. »

— « Comment ? Des livres prêtés ? Est-
ce que tu n'aurais pas dû m'avertir ? ».

— « Ça ne me semblait pas bien dangereux », répliqua Antoine, en regardant l'abbé
comme pour lui tenir tête ; et, tout à coup,
un sourire très jeune, qui ne fit que passer,
éclaira son visage méditatif. « Du Victor
Hugo », expliqua-t-il, « du Lamartine. Je
lui confisquais sa lampe pour le forcer à
s'endormir. »

L'abbé tenait sa bouche coulissée. Il prit
sa revanche :

— « Mais voilà qui est plus grave : ce Fontanin est protestant. »

— « Eh, je sais bien ! » cria M. Thibault, accablé.

— « Un assez bon élève, d'ailleurs », reprit aussitôt le prêtre, afin de marquer son équité. « M. Quillard nous a dit : " C'est un grand, qui paraissait sérieux ; il trompait bien son monde ! La mère aussi avait l'air d'être bien. " »

— « Oh, la mère, la mère... », interrompit M. Thibault. « Des gens impossibles, malgré leurs airs dignes ! A Maisons, personne ne les reçoit ; c'est tout juste si on les salue. Ah, ton frère peut se vanter de bien choisir ses relations ! »

— « Relations périlleuses », soupira l'abbé ; « on sait de reste ce que cache la gravité des protestants !

« Quoiqu'il en soit nous sommes revenus du lycée parfaitement édifiés. Et nous nous apprêtions à ouvrir une instruction en règle, quand, hier, samedi, au début de l'étude du matin, l'ami Jacquot a fait irruption dans notre cabinet. Irruption, littéralement. Il était tout pâle ; il avait les dents serrées. Il nous a crié, dès la porte, sans même nous dire bonjour : " On m'a volé des livres, des papiers !... " Nous lui avons fait remarquer que son entrée était fort inconvenante. Mais il n'écoutait rien. Ses yeux, si clairs d'habitude, étaient devenus foncés de colère : " C'est vous qui m'avez volé mon cahier, criait-il, c'est vous ! " Il nous a même dit, ajouta l'abbé avec un sourire niais : " Si vous osez le lire, je me tuerai ! " Nous avons essayé de le prendre par la douceur. Il ne nous a pas laissé parler : " Où est mon cahier ? Rendez-le-moi ! Je casserai tout jusqu'à ce qu'on me le rende ! " Et avant que nous ayons pu l'en empêcher, il saisissait sur notre bureau un presse-papier de cristal, — vous le connaissez, Antoine ? c'est un souvenir que d'anciens élèves nous avaient rapporté du Puy-de-Dôme — et il le lançait à toute volée contre le marbre de la cheminée. — C'est peu de chose », se hâta d'ajouter l'abbé, pour répondre au geste confus de M. Thibault ; « nous vous donnons ce détail terre-à-terre, pour vous montrer jusqu'à quel degré d'exaltation votre cher garçon était parvenu. Là-dessus il se roule sur le parquet, en proie à une véritable crise nerveuse. Nous avons pu nous emparer de lui, le pousser dans une petite cellule de récitation, contiguë à notre cabinet, et l'enfermer à double tour. »

— « Ah », dit M. Thibault en levant les poings, « il y a des jours où il est comme possédé ! Demandez à Antoine : est-ce que nous ne lui avons pas vu, pour une simple contrariété, de tels accès de fureur, qu'il fallait bien céder, il devenait bleu, les veines du cou se gonflaient, il aurait étranglé de rage ! »

— « Ça, tous les Thibault sont violents », constata Antoine ; et il paraissait en avoir si peu de regret, que l'abbé crut devoir sourire avec complaisance.

— « Lorsque nous avons été le délivrer, une heure plus tard », reprit-il, « il était assis devant la table, la tête entre les mains. Il nous a jeté un regard terrible ; ses yeux étaient secs. Nous l'avons sommé de nous faire des excuses ; il ne nous a pas répondu. Il nous a suivi docilement dans notre cabinet, les cheveux emmêlés, les yeux à terre, l'air têtu. Nous lui avons fait ramasser les débris du malheureux presse-papier, mais sans obtenir qu'il desserrât les dents. Alors, nous l'avons conduit à la chapelle, et nous avons cru séant de le laisser là, seul avec le bon Dieu, pendant une grande heure. Puis nous sommes venu nous agenouiller à son côté. Il nous a semblé, à ce moment-là, que peut-être il avait pleuré ; mais la chapelle était obscure, nous n'oserions l'affirmer. Nous avons récité à mi-voix une dizaine de chapelet ; puis nous l'avons sermonné ; nous lui avons représenté le chagrin de son père, lorsqu'il apprendrait qu'un mauvais camarade avait compromis la pureté de son cher garçon. Il avait croisé les bras et tenait la tête levée, les yeux fixés vers l'autel, comme s'il ne nous entendait pas. Voyant que cette obstination se prolongeait, nous lui avons enjoint de retourner à l'étude. Il y est resté jusqu'au soir, à sa place, les bras toujours croisés, sans ouvrir un livre. Nous n'avons pas voulu nous en apercevoir. A sept heures, il est parti comme de coutume, — sans venir nous saluer, cependant.

« Voilà toute l'histoire, Monsieur », conclut le prêtre avec un regard fort animé. « Nous attendions, pour vous mettre au courant, d'être renseigné sur la sanction prise par le censeur du lycée contre le triste sire qui s'appelle Fontanin : renvoi pur et simple, sans doute. Mais, en vous voyant inquiet ce soir... »

— « Monsieur l'abbé », interrompit M. Thibault, essoufflé comme s'il venait de courir, « je suis atterré, ai-je besoin de vous le dire ! Quand je songe à ce que de pareils instincts peuvent nous réserver encore... Je suis atterré », répéta-t-il, d'une voix songeuse, presque basse ; et il demeura immobile, la tête en avant, les mains sur les cuisses. N'eût été le tremblement à peine visible, qui, sous la moustache grise, agitait sa lèvre inférieure et sa barbiche blanche, ses paupières baissées lui eussent donné l'air de dormir.

— « Le vaurien ! » cria-t-il soudain, en lançant sa mâchoire en avant ; et le regard incisif qui, à ce moment-là, jaillit entre les cils, marquait assez que l'on se fût mépris en se fiant trop longtemps à son apparente inertie. Il referma les yeux et tourna le corps vers Antoine. Le jeune homme ne répondit pas tout de suite ; il tenait sa barbe dans sa main, fronçait les sourcils et regardait à terre :

— « Je vais passer à l'hôpital pour qu'on ne compte pas sur moi demain », fit-il ; « et, dès la première heure, j'irai questionner ce Fontanin. »

24

PREMIÈRE PARTIE. I

— « Dès la première heure ? » répéta machinalement M. Thibault. Il se mit debout. « En attendant, c'est une nuit blanche », soupira-t-il, et il se dirigea vers la porte. L'abbé le suivit. Sur le seuil, le gros homme tendit au prêtre sa main flasque :

— « Je suis atterré », soupira-t-il, sans ouvrir les yeux.

— « Nous allons prier le bon Dieu pour qu'il nous assiste tous », dit l'abbé Binot avec politesse.

Le père et le fils firent quelques pas en silence. La rue était déserte. Le vent avait cessé, la soirée était douce. On était dans les premiers jours de mai.

M. Thibault songeait au fugitif. « Au moins s'il est dehors, il n'aura pas trop froid. » L'émotion amollit ses jambes. Il s'arrêta et se tourna vers son fils. L'attitude d'Antoine lui rendait un peu d'assurance. Il avait de l'affection pour son fils aîné ; il en était fier ; et il l'aimait particulièrement ce soir, parce que son animosité vis-à-vis du cadet s'était accrue. Non qu'il fût incapable d'aimer Jacques : il eût suffi que_ le petit lui procurât quelque satisfaction d'orgueil, pour éveiller sa tendresse ; mais les extravagances et les écarts de Jacques l'atteignaient toujours au point le plus sensible, dans son amour-propre.

— « Pourvu que tout cela ne fasse pas trop d'esclandre ! » grogna-t-il. Il se rapprocha d'Antoine, et sa voix changea : « Je suis content que tu aies pu être relevé de ta garde, cette nuit », fit-il. Il était intimidé du sentiment qu'il exprimait. Le jeune homme, plus gêné encore que son père, ne répondit pas.

— « Antoine... Je suis content de t'avoir près de moi ce soir, mon cher », murmura M. Thibault, en glissant, pour la première fois peut-être, son bras sous celui de son fils.

II

Ce dimanche-là, Mme de Fontanin, en rentrant vers midi, avait trouvé dans le vestibule un mot de son fils.

— « Daniel écrit qu'il est retenu à déjeuner chez les Bertier », dit-elle à Jenny. « Tu n'étais donc pas là lorsqu'il est rentré ? »

— « Non, je ne l'ai pas vu », répondit Jenny, qui venait de se jeter à quatre pattes pour attraper sa petite chienne tapie sous un fauteuil ; elle n'en finissait pas de se relever. Enfin elle saisit Puce à pleins bras, et s'enfuit en gambadant vers sa chambre, couvrant l'animal de caresses.

A l'heure du déjeuner, elle revint :

— « J'ai mal à la tête. Je n'ai pas faim. Je voudrais m'étendre dans le noir. »

Mme de Fontanin la mit au lit et tira les rideaux. Jenny s'enfouit sous les couvertures. Impossible de dormir. Les heures passaient. Plusieurs fois dans la journée, Mme de Fontanin vint appuyer sa main fraîche sur le front de l'enfant. Vers le soir, défaillant de tendresse et d'anxiété, la petite s'empara de cette main, et l'embrassa sans pouvoir retenir ses larmes.

— « Tu es énervée, ma chérie... Tu dois avoir un peu de fièvre. »

Sept heures, puis huit heures sonnèrent. Mme de Fontanin attendait son fils pour se mettre à table. Jamais Daniel ne manquait un repas sans prévenir, jamais surtout il n'eût laissé sa mère et sa sœur dîner seules un dimanche. Mme de Fontanin s'accouda au balcon. Le soir était doux. De rares passants suivaient l'avenue de l'Observatoire. L'ombre s'épaisissait entre les touffes des arbres. Plusieurs fois elle crut reconnaître Daniel à sa démarche, dans la lueur des réverbères. Le tambour battit dans le jardin du Luxembourg. On ferma les grilles. La nuit était venue.

Elle mit son chapeau et courut chez les Bertier : ils étaient à la campagne depuis la veille. Daniel avait menti !

Mme de Fontanin avait l'expérience de ces mensonges-là ; mais de Daniel, son

Daniel, un mensonge, le premier ! A quatorze ans, déjà ?

Jenny ne dormait pas ; elle guettait tous les bruits ; elle appela sa mère :

— « Daniel ? »

— « Il est couché. Il a cru que tu dormais, il n'a pas voulu te réveiller. » Sa voix était naturelle ; à quoi bon effrayer l'enfant ?

Il était tard. Mme de Fontanin s'installa dans un fauteuil, après avoir entr'ouvert la porte du couloir afin d'entendre l'enfant rentrer.

La nuit toute entière passa ; le jour vint.

Vers sept heures, la chienne se dressa en grondant. On avait sonné. Mme de Fontanin s'élança dans le vestibule ; elle voulait ouvrir elle-même, éviter les domestiques. Mais c'était un jeune homme barbu qu'elle ne connaissait pas... Un accident ?

Antoine se nomma ; il demandait à voir Daniel avant que celui-ci ne partît pour le lycée.

— « C'est que, justement... mon fils n'est pas visible ce matin. »

Antoine eut un geste étonné :

— « Pardonnez-moi si j'insiste, Madame...
Mon frère, qui est un grand ami de votre
fils, a disparu depuis hier, et nous sommes
affreusement inquiets. »

— « Disparu ? » Sa main se crispa sur
la mantille blanche dont elle avait voilé
ses cheveux. Elle ouvrit la porte du salon ;
Antoine la suivit.

— « Daniel non plus n'est pas rentré
hier soir, Monsieur. Et je suis inquiète, moi
aussi. » Elle avait baissé la tête ; elle la
releva presque aussitôt : « D'autant plus
qu'en ce moment mon mari est absent de
Paris, » ajouta-t-elle.

La physionomie de cette femme respirait
une simplicité, une franchise, qu'Antoine
n'avait jamais rencontrées ailleurs. Surprise
ainsi, après une nuit de veille et dans le
désarroi de son angoisse, elle offrait au
regard du jeune homme un visage nu, où
les sentiments se succédaient comme des
tons purs. Ils se regardèrent quelques secondes, sans bien se voir. Chacun d'eux
suivait les rebondissements de sa pensée.

Antoine avait sauté du lit avec un entrain
de policier. Il ne prenait pas au tragique

l'escapade de Jacques, et sa curiosité seule
était en action : il venait cuisiner l'autre,
le petit complice. Mais voici que l'affaire
se corsait, encore une fois. Il en éprouvait
plutôt du plaisir. Dès qu'il était ainsi surpris
par l'événement, son regard devenait fatal,
et, sous la barbe carrée, la mâchoire, la
forte mâchoire des Thibault, se serrait à
bloc.

— « A quelle heure votre fils est-il parti
hier matin ? » demanda-t-il.

— « De bonne heure. Mais il est revenu,
un peu plus tard... »

— « Ah ! Entre dix heures et demie et
onze heures ? »

— « A peu près. »

— « Comme l'autre ! Ils sont partis ensemble », conclut-il sur un ton net, presque
joyeux.

Mais à ce moment, la porte, demeurée
entr'ouverte, céda, et un corps d'enfant,
en chemise, vint s'abattre sur le tapis.
Mme de Fontanin poussa un cri. Antoine
avait déjà relevé la fillette évanouie, et la
soulevait dans ses bras ; guidé par Mme de
Fontanin, il la porta jusqu'à sa chambre,
sur son lit.

— « Laissez, Madame, je suis médecin.
De l'eau fraîche. Avez-vous de l'éther ? »

Bientôt Jenny revint à elle. Sa mère lui
sourit ; mais les yeux de la fillette restaient
durs.

— « Ce n'est plus rien », dit Antoine.
« Il faudrait la faire dormir. »

— « Tu entends, ma chérie », murmura
Mme de Fontanin ; et sa main, posée sur le
front moite de l'enfant, glissa jusqu'aux
paupières, et les tint abaissées.

Ils étaient debout, de chaque côté du lit,
et ne bougeaient pas. L'éther volatilisé
embaumait la chambre. Le regard d'Antoine,
d'abord fixé sur la main gracieuse et sur le
bras tendu, examina discrètement Mme de
Fontanin. La dentelle qui l'enveloppait était
tombée ; ses cheveux étaient blonds, mais
rayés déjà de mèches grises ; elle devait
avoir une quarantaine d'années, bien que
l'allure, la mobilité de l'expression, fussent
d'une jeune femme.

Jenny paraissait s'endormir. La main,
posée sur les yeux de l'enfant, se retira,
avec une légèreté d'aile. Ils quittèrent la
chambre sur la pointe des pieds, laissant
les portes entrebâillées. Mme de Fontanin

marchait la première ; elle se retourna :

— « Merci », dit-elle, en tendant ses deux mains. Le geste était si spontané, si masculin, qu'Antoine prit ces mains et les serra, sans oser y porter les lèvres.

— « Cette petite est tellement nerveuse », expliqua-t-elle. « Elle a dû entendre aboyer Puce, croire que c'était son frère, accourir. Elle n'est pas bien depuis hier matin, elle a eu la fièvre toute la nuit. »

Ils s'assirent. Mme de Fontanin tira de son corsage le mot griffonné la veille par son fils et le remit à Antoine. Elle le regardait lire. Dans ses rapports avec les êtres, elle se laissait toujours guider par son instinct : et dès les premières minutes, elle s'était sentie en confiance auprès d'Antoine. « Avec ce front-là », songeait-elle, « un homme est incapable de bassesse. » Il portait les cheveux relevés et la barbe assez fournie sur les joues, de sorte qu'entre ces deux masses sombres, d'un roux presque brun, les yeux encaissés, et le rectangle blanc du front, formaient tout son visage. Il replia la lettre et la lui rendit. Il semblait réfléchir à ce qu'il venait de lire ; en réalité, il cherchait le moyen de dire certaines choses.

— « Pour moi », insinua-t-il, « je crois qu'il faut établir un lien entre leur fugue et ce fait : que justement leur amitié... leur liaison... venait d'être découverte par leurs professeurs. »

— « Découverte ? »

— « Mais oui. On venait de trouver leur correspondance, dans un cahier spécial. »

— « Leur correspondance ? »

— « Ils s'écrivaient pendant les classes. Et des lettres d'un ton tout à fait particulier, à ce qu'il paraît. » Il cessa de la regarder : « Au point que les deux coupables avaient été menacés de renvoi. »

— « Coupables ? Je vous avoue que je ne vois pas bien... Coupables de quoi ? De s'écrire ? »

— « Le ton des lettres, à ce qu'il paraît, était très... »

— « Le ton des lettres ? » Elle ne comprenait pas. Mais elle avait trop de sensibilité pour ne pas avoir remarqué depuis un instant la gêne croissante d'Antoine ; et soudain, elle secoua la tête :

— « Tout ceci est hors de question, Monsieur », déclara-t-elle d'une voix forcée, un peu frémissante. Il sembla qu'une distance se fût brusquement établie entre eux. Elle se leva : « Que votre frère et mon fils aient combiné ensemble je ne sais quelle escapade, c'est possible ; quoique Daniel n'ait jamais prononcé devant moi ce nom de... ? »

— « Thibault. »

— « Thibault ? » répéta-t-elle avec surprise, sans achever sa phrase. « Tiens, c'est étrange : ma fille, cette nuit, dans un cauchemar, a prononcé distinctement ce nom-là. »

— « Elle a pu entendre son frère parler de son ami. »

— « Non, je vous dis que jamais Daniel... »

— « Comment aurait-elle su ? »

— « Oh », fit-elle, « ces phénomènes occultes sont si fréquents ! »

— « Quels phénomènes ? »

Elle était debout ; sa physionomie était sérieuse et distraite :

— « La transmission de la pensée. »

L'explication, l'accent, étaient si nouveaux pour lui, qu'Antoine la regarda curieusement. Le visage de Mme de Fontanin n'était pas seulement grave, mais illuminé, et sur ses lèvres errait le demi-sourire d'une croyante qui, en ces matières, est habituée à braver le scepticisme d'autrui.

Il y eut un silence. Antoine venait d'avoir une idée ; l'entrain du policier se réveillait :

— « Permettez, Madame : vous me dites que votre fille a prononcé le nom de mon frère ? Et qu'elle a eu toute la journée d'hier une fièvre inexplicable ? N'aurait-elle pas reçu des confidences de votre fils ? »

— « Ce soupçon tomberait de lui-même, Monsieur », répondit Mme de Fontanin avec une expression indulgente, « si vous connaissiez mes enfants et la façon dont ils sont avec moi. Jamais ils n'ont eu, ni l'un ni l'autre, rien de caché pour... » Elle se tut : elle venait d'être frappée au vif par le démenti que lui donnait la conduite de Daniel. « D'ailleurs », reprit-elle aussitôt, avec un peu de hauteur, et en s'avançant vers la porte, « si Jenny ne dort pas, questionnez-la. »

La fillette avait les yeux ouverts. Son visage fin se détachait sur l'oreiller ; les pommettes étaient fiévreuses. Elle serrait dans ses bras la petite chienne, dont le museau noir dépassait drôlement le bord des draps.

— « Jenny, c'est M. Thibault, tu sais, le frère d'un ami de Daniel. »

L'enfant jeta sur l'étranger un coup d'œil avide, puis méfiant.

Antoine, s'approchant du lit, avait pris le poignet de la fillette et tirait sa montre.

— « Encore trop rapide », déclara-t-il. Il l'ausculta. Il mettait à ces gestes professionnels une gravité satisfaite.

— « Quel âge a-t-elle ? »

— « Treize ans bientôt. »

— « Vraiment ? Je n'aurais pas cru. Par principe, il faut toujours surveiller ces mouvements de fièvre. Sans s'inquiéter, d'ailleurs », fit-il en regardant l'enfant, et il sourit. Puis, s'écartant du lit, il prit un autre ton :

— « Est-ce que vous connaissez mon frère, Mademoiselle ? Jacques Thibault ? »

Elle fronça les sourcils et fit signe que non.

— « Bien vrai ? Le grand frère ne vous parle jamais de son meilleur ami ? »

— « Jamais », dit-elle.

— « Pourtant », insista Mme de Fontanin, « cette nuit, rappelle-toi, quand je t'ai éveillée, tu rêvais qu'on poursuivait sur une

37

route Daniel et son ami Thibault. Tu as dit
Thibault, très distinctement. »

L'enfant sembla chercher. Elle dit enfin :

— « Je ne connais pas ce nom-là. »

— « Mademoiselle », reprit Antoine après
un silence, « je venais demander à votre
maman un détail dont elle ne se souvient pas,
et qui est indispensable pour retrouver votre
frère : comment était-il habillé ? »

— « Je ne sais pas. »

— « Vous ne l'avez donc pas vu hier
matin ? »

— « Si. Au petit déjeuner. Mais il n'était
pas habillé encore.» Elle se tourna vers sa
mère : « Tu n'as qu'à regarder dans son armoire
quels sont les vêtements qui manquent ? »

— « Autre chose, Mademoiselle, et qui a
une grande importance : est-ce à 9 heures,
à 10 heures ou à 11 heures, que votre frère
est revenu pour poser la lettre ? Votre
maman n'était pas là, et ne peut préciser. »

— « Je ne sais pas. »

Il crut distinguer un peu d'irritation dans
le ton de Jenny.

— « Alors », fit-il avec un geste découragé, « nous allons avoir du mal à retrouver
sa trace ! »

— « Attendez », dit-elle, levant le bras pour le retenir. « C'était à onze heures moins dix. »

— « Exactement ? Vous en êtes sûre ? »

— « Oui. »

— « Vous avez regardé la pendule pendant qu'il était avec vous ? »

— « Non. Mais, à cette heure-là, j'ai été à la cuisine chercher de la mie de pain pour dessiner ; alors, s'il était venu avant, ou bien s'il était venu après, j'aurais entendu la porte et j'aurais été voir. »

— « Ah, c'est juste. » Il réfléchit un instant. A quoi bon la fatiguer davantage ? Il s'était trompé, elle ne savait rien. « Maintenant », reprit-il, redevenu médecin, « il faut rester au chaud, fermer les yeux, dormir. » Il ramena la couverture sur le petit bras découvert, et sourit : « Un bon somme : quand on se réveillera, on sera guérie, et le grand frère sera revenu ! »

Elle le regarda. Jamais il ne put oublier ce qu'il lut à ce moment-là dans son regard : une si totale indifférence pour tout encouragement, une vie intérieure déjà si intense, une telle détresse dans une telle solitude, qu'involontairement troublé, il baissa les yeux.

— « Vous aviez raison, Madame », fit-il, dès qu'ils furent revenus au salon. « Cette enfant est l'innocence même. Elle souffre terriblement ; mais elle ne sait rien. »

— « Elle est l'innocence même », répéta Mme de Fontanin, rêveuse. « Mais elle sait. »

— « Elle sait ? »

— « Elle sait. »

— « Comment ? Ses réponses, au contraire... »

— « Oui, ses réponses... », reprit-elle avec lenteur. « Mais j'étais près d'elle... j'ai senti... Je ne sais comment expliquer... » Elle s'assit et se releva presqu'aussitôt. Son visage était tourmenté. « Elle sait, elle sait, maintenant j'en suis sûre ! » s'écria-t-elle soudain. « Et je sens aussi qu'elle mourrait plutôt que de laisser échapper son secret. »

Après le départ d'Antoine, avant d'aller, sur son conseil, questionner M. Quillard, le censeur du lycée, Mme de Fontanin, cédant à sa curiosité, ouvrit le *Tout-Paris* :

— THIBAULT (Oscar-Marie). — Chev. Lég. d'hon. — *Ancien député de l'Eure. — Vice-président de la Ligue morale de Puéricul-*

40

ture. — Fondateur et Directeur de l'Œuvre de Préservation sociale. — **Trésorier** *du Syndicat des œuvres catholiques du Diocèse de Paris. —* 4 *bis*, rue de l'Université (VIe arr.).

Lorsque, deux heures plus tard, après sa
visite au cabinet du censeur, dont elle
s'échappa sans répondre et le feu au visage,
Mme de Fontanin, ne sachant à qui demander
appui, songea à venir trouver M. Thibault,
un secret instinct lui conseilla de s'abstenir.
Mais elle passa outre, comme elle faisait
parfois, poussée par un goût du risque et
un esprit de décision qu'elle confondait avec
le courage.

Chez les Thibault, l'on tenait un véritable
conseil de famille. L'abbé Binot était accouru
de bonne heure rue de l'Université, devan-
çant de peu M. l'abbé Vécard, secrétaire
particulier de Mgr. l'Archevêque de Paris,
directeur spirituel de M. Thibault et grand
ami de la maison, qui venait d'être averti
par téléphone.

M. Thibault, assis à son bureau, semblait
présider un tribunal. Il avait mal dormi et

son teint albumineux était plus blanchâtre
que de coutume. M. Chasle, son secrétaire,
un nain à poil gris et à lunettes, avait pris
place à sa gauche. Antoine, pensif, était
resté debout, appuyé à la bibliothèque.
Mademoiselle elle-même avait été convoquée,
bien que ce fût l'heure domestique : les
épaules gaînées de mérinos noir, attentive
et muette, elle se tenait perchée sur le bord
de sa chaise ; ses bandeaux gris collaient
à son front jaune, et ses prunelles de biche
ne cessaient de courir d'un prêtre à l'autre.
On avait installé ces messieurs de chaque
côté de la cheminée, dans des fauteuils à
dossiers hauts.

Après avoir exposé les résultats de l'en-
quête d'Antoine, M. Thibault se lamentait
sur la situation. Il jouissait de sentir l'ap-
probation de son entourage, et les mots
qu'il trouvait pour peindre son inquiétude
lui remuaient le cœur. Cependant la présence
de son confesseur l'inclinait à refaire son
examen de conscience : avait-il rempli tous
ses devoirs paternels envers le malheureux
enfant ? Il ne savait que répondre. Sa pensée
dévia : sans ce petit parpaillot rien ne fût
arrivé !

— « Des voyous comme ce Fontanin »,
gronda t-il, en se levant, « est-ce que ça
ne devrait pas être enfermé dans des maisons
spéciales ? Est-ce qu'il est admissible que
nos enfants soient exposés à de semblables
contagions ? » Les mains au dos, les paupières
closes, il allait et venait derrière son bureau.
La pensée du Congrès manqué, quoiqu'il
n'en parlât pas, entretenait sa rancune.
« Voilà plus de vingt ans que je me dévoue
à ces problèmes de la criminalité enfantine !
Vingt ans que je lutte par des ligues de préservation, des brochures, des rapports à
tous les congrès ! Mieux que ça ! » reprit-il
en faisant volte-face dans la direction des
abbés : « Est-ce que je n'ai pas créé, à ma
colonie pénitentiaire de Crouy, un pavillon
spécial, où les enfants vicieux, lorsqu'ils
appartiennent à une autre classe sociale que
nos pupilles, sont soumis à un traitement
particulier de correction ? Eh bien, ce que
je vais dire n'est pas croyable : ce pavillon
est toujours vide ! Est-ce à moi d'obliger
les parents à y enfermer leurs fils ? J'ai
tout fait pour intéresser l'Instruction Pu-
blique à notre initiative ! Mais », acheva-t-il
en haussant les épaules et en retombant

sur son siège, « est-ce que ces messieurs de l'école-sans-Dieu se soucient d'hygiène sociale ? »

C'est à ce moment que la femme de chambre lui tendit une carte de visite.

— « Elle, ici ? » fit-il, en se tournant vers son fils. « Qu'est-ce qu'elle veut ? » demanda-t-il à la femme de chambre ; et, sans attendre la réponse : « Antoine, vas-y. »

— « Tu ne peux pas te dispenser de la recevoir », dit Antoine, après avoir jeté les yeux sur la carte.

M. Thibault fut sur le point de se fâcher. Mais il se maîtrisa aussitôt, et s'adressant aux deux prêtres :

— « Mme de Fontanin ! Que faire, messieurs ? Est-ce qu'on n'est pas tenu à des égards vis-à-vis d'une femme, quelle qu'elle soit ? Et celle-ci, n'est-elle pas mère, après tout ? »

— « Quoi ? mère ? » balbutia M. Chasle, mais d'une voix si basse qu'il ne s'adressait qu'à lui-même.

M. Thibault reprit :

— « Faites entrer cette dame. »

Et lorsque la femme de chambre eut

introduit la visiteuse, il se leva et s'inclina cérémonieusement.

Mme de Fontanin ne s'attendait pas à trouver tant de monde. Elle eut, sur le seuil, une imperceptible hésitation, puis fit un pas vers Mademoiselle ; celle-ci avait sauté de sa chaise et dévisageait la protestante avec des yeux effarés qui n'avaient plus rien de languide, et qui la firent ressembler, non plus à une biche, mais à une poule.

— « Mme Thibault, sans doute ? » murmura Mme de Fontanin.

— « Non, Madame », se hâta de dire Antoine. « Mlle de Waize, qui vit avec nous depuis quatorze ans, — depuis la mort de ma mère, — et qui nous a élevés, mon frère et moi. »

M. Thibault présenta les hommes.

— « Je m'excuse de vous déranger, Monsieur », dit Mme de Fontanin, gênée par les regards dirigés sur elle, mais sans rien perdre de son aisance. « Je venais voir si depuis ce matin... Nous sommes pareillement éprouvés, Monsieur, et j'ai pensé que le mieux était de... de réunir nos efforts. N'est-ce pas ? » ajouta-t-elle avec un demi-sourire affable et triste. Mais son regard honnête, qui quêtait celui de M. Thibault, ne rencontra qu'un masque d'aveugle.

Alors elle chercha Antoine des yeux ; et, malgré l'insensible distance qu'avait mis entre eux la fin de leur précédent entretien, ce fut vers cette figure sombre et loyale que son impulsion la porta. Lui-même, depuis qu'elle était entrée, il avait senti qu'une sorte d'alliance existait entre eux. Il s'approcha d'elle :

— « Et notre petite malade, Madame, comment va-t-elle ? »

M. Thibault lui coupa la parole. Sa fébrilité ne se trahissait que par les coups de tête qu'il donnait pour dégager son menton. Il tourna le buste vers Mme de Fontanin, et commença sur un ton appliqué :

— « Ai-je besoin de vous dire, Madame, que nul mieux que moi ne peut comprendre votre inquiétude ? Comme je le disais à ces messieurs, on ne peut songer à ces' pauvres enfants sans avoir le cœur serré. Pourtant, Madame, je n'hésite pas à le dire : est-ce qu'une action commune serait bien souhaitable ? Certes, il faut agir ; il faut qu'on les retrouve ; mais est-ce qu'il ne vaudrait

pas mieux que nos recherches fussent sépa-
rées ? Je veux dire : est-ce que nous ne
devons pas craindre avant tout les indiscré-
tions des journalistes ? Ne soyez pas surprise si je vous tiens le langage d'un homme
que sa situation oblige à certaines prudences,
vis-à-vis de la presse, vis-à-vis de l'opinion...
Pour moi ? Non, certes ! Je suis, Dieu
merci, au-dessus des coassements de l'autre
parti. Mais, à travers ma personne, mon
nom, est-ce qu'on ne chercherait pas à
atteindre les œuvres que je représente ? Et
puis, je pense à mon fils. Est-ce que je ne
dois pas éviter, à tout prix, que, dans une
si délicate aventure, un autre nom soit
prononcé à côté du nôtre ? Est-ce que mon
premier devoir n'est pas de faire en sorte
qu'on ne puisse pas, un jour, lui jeter au
visage certaines relations, — tout acciden-
telles, je sais bien, — mais d'un caractère,
si je puis dire, éminemment... préjudiciable?»
Il conclut, s'adressant à l'abbé Vécard, et
entrebâillant une seconde ses paupières :
« Est-ce que vous n'êtes pas de cet avis,
messieurs ? »

Mme de Fontanin était devenue pâle. Elle
regarda tour à tour les abbés, Mademoiselle,

Antoine ; elle se heurtait à des faces muettes.
Elle s'écria :

— « Oh, je vois, Monsieur, que... » Mais
sa gorge se serra ; elle reprit avec effort :
« Je vois que les soupçons de M. Quillard... »
Elle se tut de nouveau. « Ce M. Quillard est
un pauvre homme, oui, un pauvre, un pauvre
homme ! » s'écria-t-elle enfin, avec un sourire amer.

Le visage de M. Thibault demeurait impé-
nétrable ; sa main molle se souleva vers
l'abbé Binot, comme pour le prendre à
témoin et lui donner la parole. L'abbé se
jeta dans la bataille avec une joie de roquet
bâtard.

— « Nous nous permettrons de vous faire
remarquer, Madame, que vous repoussez les
pénibles constatations de M. Quillard, sans
même connaître les charges qui pèsent sur
M. votre fils... »

Mme de Fontanin, après avoir toisé l'abbé
Binot, cédant toujours à son instinct des
êtres, s'était tournée vers l'abbé Vécard. Le
regard qu'il fixait sur elle était d'une par-
faite suavité. Son visage dormant, qu'allongeait un reste de cheveux, dressés en brosse
autour de sa calvitie, accusait la cinquan-

taine. Sensible au muet appel de l'hérétique,
il se hâta d'intervenir :

— « Tout le monde ici, Madame, comprend combien cet entretien est douloureux
pour vous. La confiance que vous avez en
votre fils est infiniment touchante... Infiniment respectable... », ajouta-t-il ; et son
index, par un tic qui lui était familier, se
leva jusqu'à ses lèvres sans qu'il cessât de
parler. « Mais cependant, Madame, les faits,
hélas—. »

— « Les faits », reprit l'abbé Binot avec
plus d'onction, comme si son confrère lui
eût donné le *la*, « il faut bien le dire, Madame :
les faits sont accablants. »

— « Je vous en prie, Monsieur », murmura
Mme de Fontanin, en se détournant.

Mais l'abbé ne pouvait se retenir :

— « D'ailleurs, voici la pièce à conviction », s'écria-t-il, laissant choir son chapeau,
et tirant de sa ceinture un cahier gris à
tranches rouges. « Jetez-y seulement les
yeux, Madame : si cruel que cela soit de
vous enlever toute illusion, nous estimons
que cela est nécessaire, et que vous serez
édifiée ! »

Il avait fait deux pas jusqu'à elle, pour

l'obliger à prendre le cahier. Mais elle se leva :
— « Je n'en lirai pas une ligne, messieurs.
Pénétrer les secrets de cet enfant, en public,
à son insu, sans seulement qu'il puisse s'expliquer ! Je ne l'ai pas habitué à être traité
ainsi. »

L'abbé Binot restait debout, le bras tendu,
un sourire vexé sur ses lèvres minces.

— « Nous n'insistons pas », fit-il enfin,
avec une intonation railleuse. Il posa le
cahier sur le bureau, ramassa son chapeau,
et fut se rasseoir. Antoine eut envie de le
prendre par les épaules et de le mettre
dehors. Son regard, qui trahissait son antipathie, se croisa, s'accorda une seconde avec
celui de l'abbé Vécard.

Cependant Mme de Fontanin avait changé
d'attitude : il y avait une expression de défi
sur son front levé. Elle s'avança vers M. Thibault, qui n'avait pas quitté son fauteuil :

— « Tout cela est hors de propos, Monsieur. Je suis seulement venu vous demander
ce que vous comptez faire. Mon mari n'est
pas à Paris en ce moment, je suis seule pour
prendre ces décisions... Je voulais surtout
vous dire : il me semble qu'il serait regrettable d'avoir recours à la police... »

51

— « La police ? » répartit vivement M. Thibault, que l'irritation mit debout. « Mais, Madame, est-ce que vous supposez qu'à l'heure actuelle toute la police des départements ne s'est pas déjà mise en campagne ? J'ai téléphoné moi-même ce matin au chef de cabinet du Préfet pour que toutes les mesures soient prises, avec la plus grande discrétion... J'ai fait télégraphier à la mairie de Maisons-Laffitte, pour le cas où les fugitifs auraient eu l'idée de se cacher dans une région qu'ils connaissent bien l'un et l'autre. On a donné l'alarme aux compagnies de chemin de fer, aux postes-frontière, aux ports d'embarquement. Mais, Madame, — n'était l'esclandre que je veux éviter à tout prix, — est-ce qu'il ne serait pas souhaitable pour l'amendement de ces vauriens, qu'on nous les ramenât menottes aux poignets, entre deux gendarmes ? Ne fût-ce que pour leur rappeler qu'il y a encore dans notre malheureux pays un semblant de justice pour soutenir l'autorité paternelle ? »

Mme de Fontanin salua, sans répondre, et se dirigea vers la porte. M. Thibault se ressaisit :

— « Du moins, soyez sûre, Madame, que

si nous recevons la moindre nouvelle, mon fils ira vous la porter aussitôt. »

Elle inclina légèrement la tête, puis sortit, accompagnée d'Antoine, et suivie par M. Thibault.

— « La huguenote ! » ricana l'abbé Binot, dès qu'elle eût disparu.

L'abbé Vécard ne put réprimer un geste de reproche.

— « Quoi ? La huguenote ?? » balbutia M. Chasles en se reculant, comme s'il venait de poser le pied dans une flaque de la Saint-Barthélemy.

IV

Mme de Fontanin rentra chez elle. Jenny somnolait au fond de son lit ; elle souleva son visage fiévreux, questionna sa mère du regard et referma les yeux.

— « Emmène Puce, le bruit me fait mal. » Mme de Fontanin regagna sa chambre, et, prise de vertige, s'assit, sans même retirer ses gants. Est-ce que la fièvre la guettait, elle aussi ? Etre calme, être forte, avoir confiance... Son front s'inclina pour prier. Lorsqu'elle se releva, son activité avait un but : atteindre son mari, le rappeler.

Elle traversa le vestibule, hésita devant une porte fermée, et l'ouvrit. La pièce était fraîche, inhabitée ; il y traînait un arôme acidulé de verveine, de citronelle, une odeur de toilette à demi-évaporée. Elle écarta les rideaux. Un bureau occupait le centre de la chambre ; une fine poussière

couvrait le sous-main ; mais aucun papier
ne traînait, aucune adresse, aucun indice.
Les clefs étaient aux meubles. Celui qui
habitait là n'était guère méfiant. Elle tira
le tiroir du bureau : un amas de lettres,
quelques photographies, un éventail, et,
dans un angle, en tapon, un humble gant de
filoselle noire... Sa main s'est brusquement
raidie sur le bord de la table. Un souvenir
l'assaille, son attention lui échappe, et son
regard se fixe au loin... Il y a deux ans,
comme elle passait, un soir d'été, en tram-
way, sur les quais, elle avait cru voir —
elle s'était dressée — elle avait reconnu
Jérôme, son mari, auprès d'une femme, oui,
penché vers une jeune femme qui pleurait
sur un banc ! Et cent fois depuis, sa cruelle
imagination, travaillant autour de cette
vision d'une seconde, s'était plu à en recom-
poser les détails : la douleur vulgaire de la
femme, dont le chapeau chavirait, et qui
tirait hâtivement de son jupon un gros
mouchoir blanc ; la contenance de Jérôme,
surtout ! Ah, comme elle était sûre. d'avoir
deviné, d'après l'attitude de son mari, tous
les sentiments dont il était agité, ce soir-là !
Un peu de compassion, sans doute. car elle

55

le savait faible et facile à émouvoir ; de l'agacement aussi, d'être en pleine rue l'objet de ce scandale ; de la cruauté, enfin ! Oui ! Dans sa posture à demi-penchée mais sans abandon, elle était certaine d'avoir surpris le calcul égoïste de l'amant qui en a assez, que sans doute d'autres caprices sollicitent déjà, et qui, en dépit de sa pitié, en dépit d'une honte secrète, a formé le dessein de mettre à profit ces larmes, pour consommer sur-le-champ la rupture ! Tout cela lui était clairement apparu en un instant, et chaque fois que cette obsession prenait de nouveau possession d'elle, un même vertige la faisait défaillir.

Très vite, elle quitta la chambre et ferma la porte à double tour.

Une idée précise lui était venue : cette bonne, cette petite Mariette, qu'il avait fallu renvoyer il y a six mois... Mme de Fontanin connaissait l'adresse de sa nouvelle place. Elle réprima sa répugnance, et sans balancer davantage, s'y rendit.

La cuisine était au quatrième étage d'un escalier de service. C'était l'heure fade de la vaisselle. Mariette lui ouvrit : une blondine, des cheveux follets, deux prunelles sans défense, une enfant. Elle était seule ; elle rougit, mais ses yeux s'éclairèrent :

— « Que je suis aise de revoir Madame ! Et Mlle Jenny, elle grandit toujours ? »

Mme de Fontanin hésitait. Son sourire était douloureux.

— « Mariette... donnez-moi l'adresse de Monsieur. »

La jeune fille devint pourpre ; ses yeux, où montaient des larmes, restaient grands ouverts. L'adresse ? Elle secoua la tête, elle ne savait pas ; c'est-à-dire elle ne savait plus : Monsieur n'habitait pas dans l'hôtel où... Et puis, Monsieur l'avait quittée presque tout de suite. — « Madame ne le sait donc pas ? » demanda-t-elle.

Mme de Fontanin avait baissé les yeux et reculait vers la porte, pour se soustraire à ce qu'elle eût pu entendre encore. Il y eut un court silence ; et comme l'eau de la bassine s'échappait en grésillant sur le fourneau, Mme de Fontanin fit un geste machinal :

— « Votre eau bout », murmura-t-elle. Puis, reculant toujours, elle ajouta : « Etes-vous au moins heureuse ici, mon enfant ? »

Mariette ne répondit pas ; mais lorsque

Mme de Fontanin, relevant la tête, croisa son regard, elle y vit poindre quelque chose d'animal : ses lèvres d'enfant, entr'ouvertes, découvraient les dents. Après une hésitation qui parut interminable à toutes deux, la petite balbutia :

— « Si qu'on demanderait à... Madame Petit-Dutreuil ? »

Mme de Fontanin ne l'entendit pas fondre en larmes. Elle redescendait l'escalier comme on fuit un incendie. Ce nom expliquait tout à coup cent coïncidences à peine remarquées, oubliées à mesure, qui se redressaient soudain et s'enchaînaient avec une indiscutable évidence.

Un fiacre passait, vide ; elle s'y jeta pour rentrer plus vite. Mais, au moment de donner son adresse, un désir irrésistible s'empara d'elle. Elle crut obéir au souffle de l'Esprit.

— « Rue de Monceau », cria-t-elle.

Un quart d'heure après, elle sonnait à la porte de sa cousine Noémie Petit-Dutreuil.

Ce fut une fillette d'une quinzaine d'années, blonde et fraîche, avec de larges yeux accueillants, qui lui ouvrit.

— « Bonjour, Nicole ; ta maman est là ? »

Elle sentit peser sur elle le regard étonné de l'enfant :

— « Je vais l'appeler, tante Thérèse ! »

Mme de Fontanin resta seule dans le vestibule. Son cœur battait si fort qu'elle y. avait appuyé sa main et n'osait plus la retirer. Elle s'obligea à regarder autour d'elle avec calme. La porte du salon était ouverte ; le soleil faisait chatoyer les couleurs des tentures, des tapis ; la pièce avait l'aspect négligé et coquet d'une garçonnière. « On disait que son divorce l'avait laissée sans ressources », songea Mme de Fontanin. Et cette pensée lui rappela que son mari ne lui avait pas remis d'argent depuis deux mois, qu'elle ne savait plus comment faire face aux dépenses de la maison : l'idée l'effleura que peut-être ce luxe de Noémie...

Nicole ne revenait pas. Le silence s'était fait dans l'appartement. Mme de Fontanin, de plus en plus oppressée, entra dans le salon pour s'asseoir. Le piano était ouvert ; un journal de mode était déployé sur le divan ; des cigarettes traînaient sur une table basse ; une botte d'œillets rouges emplissaient une coupe. Dès le premier coup d'œil, son malaise s'accrut. Pourquoi donc ?

Ah, c'est qu'*il* était ici, présent dans chaque détail ! C'est lui qui avait poussé le piano en biais devant la fenêtre, comme chez elle ! C'est lui sans doute qui l'avait laissé ouvert ; ou, si ce n'était lui, c'était pour lui que la musique s'effeuillait en désordre ! C'est lui qui avait voulu ce large divan bas, ces cigarettes à portée de la main ! Et c'était lui qu'elle voyait là, allongé parmi les coussins, avec son air nonchalant et soigné, le regard gai coulant entre les cils, le bras abandonné, une cigarette entre les doigts !

Un glissement sur le tapis la fit tressaillir : Noémie parut, dans un peignoir à dentelles, le bras posé sur l'épaule de sa fille. C'était une femme de trente-cinq ans, brune, grande, un peu grasse.

— « Bonjour, Thérèse ; excuse-moi, j'ai depuis ce matin une migraine à ne pas tenir debout. Baisse les stores, Nicole. »

L'éclat de ses yeux, de son teint, la démentait. Et sa volubilité trahissait la gêne que lui causait cette visite : gêne qui devint une inquiétude, lorsque tante Thérèse, se tournant vers l'enfant, dit avec douceur :

— « J'ai besoin de causer avec ta maman,
ma mignonne ; veux-tu nous laisser un instant ? »

— « Allons, va travailler dans ta chambre,
va ! » s'écria Noémie. Puis adressant à sa
cousine un rire excessif : « C'est insuppor-
table, à cet âge-là, ça commence à vouloir
venir minauder au salon ! Est-ce que Jenny
est comme ça ? Je dois dire que j'étais
toute pareille, te souviens-tu ? Ça désespérait maman. »

Mme de Fontanin était venue pour obtenir
l'adresse dont elle avait besoin. Mais, depuis
son arrivée, la présence de Jérôme s'était
si fort imposée à elle, l'outrage était si fla-
grant, la vue de Noémie, sa beauté épanouie
et vulgaire lui avait paru si offensante, que,
cédant encore une fois à son impulsion, elle
avait pris une résolution insensée.

— « Mais assieds-toi donc, Thérèse », dit
Noémie.

Au lieu de s'asseoir, Thérèse s'avança vers
sa cousine et lui tendit la main. Rien de
théâtral dans son geste, tant il fut spontané,
tant il resta digne.

— « Noémie... », dit-elle ; et tout d'un trait :
« rends-moi mon mari. » Le sourire mondain

de Mme Petit-Dutreuil se figea. Mme de Fontanin tenait toujours sa main : « Ne réponds rien. Je ne te fais pas de reproche : c'est lui, sans doute... Je sais bien comment il est... » Elle s'interrompit une seconde ; le souffle lui manquait. Noémie n'en profita pas pour se défendre, et Mme de Fontanin lui fut reconnaissante de ce silence, non qu'il fût un aveu, mais parce qu'il prouvait qu'elle n'était pas assez rouée pour parer sur-le-champ un coup si brusque. « Écoute-moi, Noémie. Nos enfants grandissent. Ta fille... Et moi aussi mes deux enfants grandissent, Daniel a quatorze ans passés. L'exemple peut être funeste, le mal est si contagieux ! Il ne faut plus que ça dure, n'est-ce pas ? Bientôt je ne serais plus seule à voir... et à souffrir. » Sa voix essoufflée devint suppliante : « Rends-le nous maintenant, Noémie. »

— « Mais, Thérèse, je t'assure... Tu es folle ! » La jeune femme se ressaisissait ; ses yeux devinrent rageurs, ses lèvres se pincèrent : « Oui, vraiment, es-tu folle, Thérèse ? Et moi qui te laisse parler, tant je suis abasourdie ! Tu as rêvé ! Ou bien on t'a monté la tête, des potins ! Explique-toi ! »

Sans répondre, Mme de Fontanin enveloppa sa cousine d'une regard profond,
presque tendre, qui semblait dire : « Pauvre
âme retardée ! Tu es tout de même meilleure
que ta vie ! » Mais soudain ce regard glissa
jusqu'à la saillie de l'épaule, dont la chair
nue, fraîche et grasse, palpitait sous les
mailles de la dentelle comme un animal
pris dans un filet : l'image qui surgit à ses
yeux fut si précise qu'elle ferma les yeux ;
une expression de haine, puis de souffrance,
passa sur son visage. Alors elle dit, pour
en finir, comme si son courage l'eût abandonnée :

— « Je me suis trompée, peut être...
Donne-moi seulement son adresse. Ou plutôt,
non, je ne demande pas que tu me dises
où il est, mais préviens-le, préviens-le seulement qu'il faut que je le voie... »

Noémie redressa le buste :

— « Le prévenir ? Est-ce que je sais
où il est, moi ? » Elle était devenue très
rouge. « Et puis, est-ce bientôt fini, toutes
ces clabauderies ? Jérôme vient me voir
quelquefois ! Après ? On ne s'en cache pas !
Entre cousins ! La belle affaire ! » Son instinct lui souffla les mots qui blessent : « Il

sera content quand je lui raconterai que tu es venue faire ici tout ce charivari ! »

Mme de Fontanin s'était reculée.

— « Tu parles comme une fille ! »

— « Ah ? Eh bien, veux-tu que je te dise ? » riposta Noémie. « Quand une femme perd son mari, c'est sa faute ! Si Jérôme avait trouvé dans ta société ce qu'il demande sans doute ailleurs, tu n'aurais pas à courir après lui, ma belle ! »

« Est-ce que cela pourrait être vrai ? » ne put s'empêcher de penser Mme de Fontanin. Elle était à bout de forces. Elle eut la tentation de fuir ; mais elle eut peur de se retrouver seule, sans adresse, sans aucun moyen de rappeler Jérôme. Son regard s'adoucit de nouveau.

— « Noémie, oublie ce que je t'ai dit, écoute-moi : Jenny est malade, elle a la fièvre depuis deux jours. Je suis seule. Tu es mère, tu dois savoir ce que c'est que d'attendre auprès d'une enfant qui commence une maladie... Voilà trois semaines que Jérôme n'a pas reparu, pas une seule fois ! Où est il ? Que fait-il ? Il faut qu'il sache que sa fille est malade, il faut qu'il revienne ! Dis-le lui ! » Noémie secouait la tête avec un entêtement cruel. « Oh, Noémie, ce n'est tout de même pas possible que tu sois devenue si mauvaise ! Écoute, je vais te dire le reste. Jenny est souffrante, c'est vrai, et je suis bien tourmentée ; mais ce n'est pas le plus grave. » Sa voix s'humilia davantage. « Daniel m'a quittée : il a disparu. »

— « Disparu ? »

— « Il y aurait des recherches à faire. Je ne peux pas rester seule à un moment pareil... avec une enfant malade... N'est-ce pas ? Noémie, dis-lui seulement qu'il vienne !»

Mme de Fontanin crut que la jeune femme allait céder ; son regard était compatissant ; mais elle fit un demi-tour, et s'écria, en levant les bras :

— « Mon Dieu, qu'est-ce que tu veux que j'y fasse ! Puisque je te dis que je ne peux rien faire pour toi ! » Et comme Mme de Fontanin se taisait, révoltée, elle se retourna d'un coup, le visage enflammé : « Tu ne me crois pas, Thérèse ? Non ? Tant pis, alors tu sauras tout ! Il m'a trompé encore une fois, comprends-tu ? Il a filé, je ne sais pas où, — filé avec une autre ! Là ! Me crois-tu maintenant ? »

Mme de Fontanin était devenue blême. Elle répéta machinalement :

— « Filé ? »

La jeune femme s'était jetée sur le divan et sanglotait, la tête dans les coussins.

— « Ah, si tu savais ce qu'il a pu me faire souffrir ! J'ai trop souvent pardonné, il croit que je pardonnerai toujours ! Mais non, jamais plus ! Il m'a fait la pire avanie ! Devant moi, chez moi, il a séduit un avorton que j'avais ici, une bonniche de dix-neuf ans ! Elle a décampé, voilà quinze jours, avec ses frusques, à l'anglaise ! Et lui, il l'attendait en bas dans une voiture ! Oui », hurla-t-elle en se redressant, « dans ma rue, à ma porte, en plein jour, devant tout le monde, — pour une bonne ! Crois-tu ! »

Mme de Fontanin s'était appuyée au piano afin de pouvoir rester debout. Elle regardait Noémie, sans la voir. Devant ses yeux, des visions passaient : elle revit Mariette, quelques mois plus tôt, les petits signes, les frôlements dans le couloir, les montées furtives au sixième, jusqu'au jour où il avait bien fallu avoir vu, et renvoyer la petite, qui suffoquait de désespoir et demandait pardon à Madame ; elle revit, sur le banc du quai, cette femme qui s'essuyait les yeux, une petite ouvrière, en noir ; puis elle aperçut enfin, là, tout près, Noémie, et elle se détourna. Mais son regard revenait, malgré elle, au corps de cette belle fille tombée en travers du divan, à cette épaule nue, secouée par les hoquets, et dont la chair gonflait la dentelle. Une image s'imposait, intolérable.

Cependant la voix de Noémie lui parvenait, par éclats :

— « Ah, c'est fini ! fini ! Il peut revenir, il peut se traîner à genoux, je ne le regarderai même pas ! Je le hais, je le méprise ! Je l'ai surpris cent fois à mentir sans aucun motif, par jeu, par pur plaisir, par instinct ! Il ment dès qu'il parle ! C'est un menteur ! »

— « Tu n'es pas juste, Noémie ! »

La jeune femme se releva d'un bond :

— « C'est toi qui le défends ? Toi ? »

Mais Mme de Fontanin s'était reprise ; elle dit seulement, sur un autre ton :

— « Tu n'as pas l'adresse de cette... ? »

Noémie réfléchit une seconde, puis se pencha familièrement :

— « Non. Mais la concierge, des fois... »

Thérèse l'interrompit d'un geste et gagna la porte. La jeune femme, par contenance, cachait son visage au milieu des coussins, et fit semblant de ne pas la voir partir.

Dans le vestibule, comme Mme de Fontanin soulevait la portière de l'entrée, elle se sentit saisie à pleins bras par Nicole, dont le visage était trempé de larmes. Elle n'eut pas le temps de lui dire un mot. L'enfant l'avait embrassée éperdûment, et s'était enfuie.

La concierge ne demandait qu'à causer :
— « Moi, je renvoie ses lettres à son pays d'origine, en Bretagne, à Perros-Guirec ; ses parents font suivre sans doute. Si ça vous intéresse... », ajouta-t-elle en ouvrant un registre crasseux.

Avant de rentrer chez elle Mme de Fontanin entra dans un bureau de poste, prit une feuille de télégramme, et écrivit :

« *Victorine Le Gad. Place de l'Eglise, Perros-Guirec. (Côtes-du-Nord).*
« Veuillez dire à M. de Fontanin que son fils Daniel a disparu depuis dimanche. »

Puis elle demanda une carte-lettre :

« *M. le Pasteur Gregory*
Christian scientist Society,
2 bis, boulevard Bineau,
Neuilly-sui-Seine.

« Cher James,
« Depuis deux jours Daniel est parti, sans dire où, sans donner de nouvelles ; je suis rongée d'inquiétude. De plus, ma Jenny est malade, une grosse fièvre que rien n'explique encore. Et je ne sais où retrouver Jérôme pour le prévenir.
« Je suis bien seule, mon ami. Venez me voir.
«Thérèse de Fontanin. »

69

V

Le surlendemain, mercredi, à six heures du soir, un homme grand, dégingandé, effroyablement maigre et sans âge déterminé, se présentait avenue de l'Observatoire.

— « Peu probable que Madame reçoive », répondit le concierge. « Les médecins sont là haut. La petite demoiselle est perdue. » Le pasteur grimpa l'escalier. La porte du palier était ouverte. Plusieurs pardessus d'hommes encombraient le vestibule. Une infirmière passa en courant.

— « Je suis le pasteur Gregory. Qu'arrive-t-il ? Jenny souffre ? » L'infirmière le regarda :

— « Elle est perdue », murmura-t-elle ; et elle s'éclipsa.

Il tressaillit comme s'il eut été frappé au visage. L'atmosphère lui sembla s'être raréfiée tout à coup ; il étouffait. Il pénétra dans le salon et ouvrit les deux croisées.

Dix minutes passèrent. On allait et venait
dans le couloir ; des portes battaient. Il
y eut un bruit de voix : Mme de Fontanin
parut, suivie de deux hommes âgés, vêtus de
noir. Elle aperçut Gregory et s'élança vers lui :

— « James ! Enfin ! Ah, mon ami, ne
m'abandonnez pas. »

Il bredouilla :

— « Je suis seulement retourné de Lon-
dres aujourd'hui. »

Elle l'entraînait, laissant les deux consul-
tants délibérer. Dans le vestibule, Antoine,
en manches de chemise, se brossait les ongles
dans une cuvette que l'infirmière lui tenait.
Mme de Fontanin avait saisi les deux mains
du pasteur. Elle était méconnaissable : ses
joues étaient blanches et semblaient dépouil-
lées de leur chair ; sa bouche ne cessait de
trembler.

— « Ah, restez avec moi, James, ne me
laissez pas seule ! Jenny est... »

Des gémissements s'échappaient du fond
de l'appartement ; elle n'acheva pas, et
s'enfuit vers la chambre.

Le pasteur s'approcha d'Antoine ; il ne
dit rien, mais son regard anxieux interrogeait. Antoine secoua la tête :

— « Elle est perdue. »

— « Oh ! pourquoi dire comme ça ? »,
fit Gregory sur un ton de reproche.

— « Mé-nin-gite », scanda Antoine, en
levant la main vers son front. « Drôle de
bonhomme », ajouta-t-il à part lui.

Le visage de Gregory était jaune et angu-
leux ; des mèches noires, ternes comme des
cheveux morts, s'échevelaient autour d'un
front exceptionnellement vertical. De chaque
côté du nez, qui était long, tombant et
congestionné, les yeux, tapis sous les sourcils, brillaient comme s'ils eussent été phos-
phorescents : très noirs, presque sans blanc,
toujours humides et d'une mobilité surpre-
nante, ils faisaient songer aux yeux de certains singes : ils en avaient la langueur et
la dureté. Plus anormal encore était le bas
du visage : un rire silencieux, un rictus qui
n'exprimait aucun sentiment connu, tirail-
lait en tous sens le menton, dont la peau
était sans poils, parcheminée et collée à
l'os.

— « Subit ? » questionna le pasteur.

— « La fièvre a commencé dimanche,
mais les symptômes ne se sont affirmés
qu'hier, mardi, dans la matinée. Il y a eu

aussitôt consultation. On a tout fait. » Son
regard devint songeur. « Nous verrons ce
que vont dire ces messieurs ; mais pour
moi », conclut-il, et son visage se contracta,
« pour moi, la pauvre enfant est per... »

— « Oh, *dont!* » interrompit le pasteur
d'une voix rauque. Ses yeux étaient braqués
sur ceux d'Antoine ; leur irritation s'accor-
dait mal avec le rire étrange de la bouche.
Comme si l'air fut devenu irrespirable, il
avait porté à son col sa main de squelette,
et il la tenait crispée sous son menton,
pareille à une araignée de cauchemar.

Antoine enveloppa le pasteur d'un regard
professionnel : « Asymétries frappantes », se
dit-il ; « et ce rire intérieur, cette grimace
inexpressive de maniaque... »

— « Daniel est-il revenu, je vous prie ? »
demanda Gregory cérémonieusement.

— « Pas de nouvelles. »

— « Pauvre, pauvre dame ! » murmura-
t-il avec une inflexion câline.

A ce moment, les deux docteurs sortirent
du salon. Antoine s'avança.

— « Elle est perdue », nasilla le plus âgé,
en posant la main sur l'épaule d'Antoine,
qui se tourna aussitôt vers le pasteur.

L'infirmière, qui passait, s'approcha, et, baissant la voix :

— « Vraiment, docteur, est-ce que vous la croyez... »

Cette fois, Gregory se détourna pour ne plus entendre le mot. La sensation d'étouffement lui devint intolérable. Par la porte entr'ouverte, il aperçut l'escalier : en quelques bonds il fut en bas, traversa l'avenue et se mit à courir devant lui sous les arbres, riant de son rire extravagant, les cheveux emmêlés, ses pattes de faucheux croisées sur la poitrine, aspirant à pleine gorge l'air du soir. « Damnés docteurs ! » grommelait-il. Il était attaché aux Fontanin comme à sa propre famille. Lorsqu'il avait débarqué à Paris, seize années auparavant, sans un penny en poche, c'est auprès du pasteur Perrier, le père de Thérèse, qu'il avait trouvé accueil et appui. Il ne l'avait jamais oublié. Plus tard, pendant la dernière maladie de son bienfaiteur, il avait tout quitté pour s'installer à son chevet : et le vieux pasteur était mort, une main dans celles de sa fille, et l'autre dans celles de Gregory, qu'il appelait son fils. Ce souvenir lui fut si douloureux en ce moment, qu'il fit volte-face et revint à grands pas. La voiture des médecins ne stationnait plus devant la maison. Il remonta rapidement.

Les portes étaient restées entrebaillées. Les gémissements le guidèrent jusqu'à la chambre. On avait tiré les rideaux ; l'ombre était pleine d'essoufflements et de plaintes. Mme de Fontanin, l'infirmière et la femme de chambre, courbées sur le lit, maintenaient à grand'peine le petit corps, qui se tendait et se détendait comme un poisson sur l'herbe.

Gregory demeura quelques instants muet, le menton dans la main, le visage hargneux. Enfin il se pencha vers Mme de Fontanin :

— « Ils tueront votre petite fille ! »

— « Quoi ? La tuer ? Comment ? » balbutia-t-elle, cramponnée au bras de Jenny, qui lui échappait sans cesse.

— « Si vous ne les chassez pas », reprit-il avec force, « ils vont tuer votre enfant. »

— « Chasser qui ? »

— « Tout le monde. »

Elle le regardait, étourdie ; avait-elle bien entendu ? La face bilieuse de Gregory, tout près d'elle, était terrifiante.

Il avait happé au vol l'une des mains de

Jenny, et, se baissant, il l'appela, d'une voix douce comme un chant :

— « Jenny ! Jenny ! *Dearest !* Me connaissez-vous ? Me connaissez-vous ? »

Les prunelles égarées, fixées au plafond, virèrent lentement jusqu'au pasteur ; alors, s'inclinant davantage, il y coula son regard, si obstinément, si profondément, que l'enfant cessa soudain de gémir.

— « Laissez ! » dit-il alors aux trois femmes. Et comme aucune n'obéissait, il reprit, sans bouger la tête, avec une autorité irrésistible : « Donnez son autre main. C'est bien. Et maintenant, laissez. »

Elles s'écartèrent. Il demeura seul, penché sur le lit, enfonçant dans les yeux mourants sa volonté magnétique. Les deux bras qu'il tenait battirent l'air un long moment, puis s'abaissèrent. Les jambes continuaient à se débattre ; elles s'allongèrent à leur tour. Les yeux, soumis enfin, se fermèrent. Gregory, toujours courbé, fit signe à Mme de Fontanin de venir près de lui :

— « Voyez », grommela-t-il : « elle se tait, elle est plus calme. Chassez-les, je dis, chassez ces *enfants de Bélial !* L'Erreur est seule dominante en eux ! L'Erreur tuera

votre petit enfant ! » Il riait, du rire silencieux des voyants qui possèdent la vérité
éternelle et pour qui le reste du monde est
composé d'insanes. Sans déplacer son regard,
rivé aux pupilles de Jenny, il baissa la voix :

— « Femme, femme, *le Mal n'existe pas !*
C'est vous qui le créez, c'est vous qui lui
donnez la puissance mauvaise, parce que
vous le craignez, parce que vous acceptez
qu'il soit ! Voyez : aucun d'eux ici n'espère
plus. Ils disent tous : " Elle est... " Vous-
même, vous pensez, et tout à l'heure vous
avez presque prononcé : " Elle est... " !
*Eternel ! Mets un vigilant sur ma bouche,
mets un vigilant sur la porte de mes lèvres !*
Oh, la pauvre petite chose, quand je suis
apparu, elle n'avait plus autour d'elle que
le vide, que le *Négatif !*

« Et moi je dis : Elle n'est pas malade ! »
s'écria-t-il avec une conviction si contagieuse,
que les trois femmes en furent électrisées.
« Elle est en santé ! Mais qu'on me laisse ! »

Avec des précautions de prestidigitateur,
il avait progressivement desserré les doigts
et fait un petit saut en arrière, laissant libres
les membres de l'enfant, qui s'étendirent,
dociles, sur le lit.

— « Bonne est la vie ! » affirma-t-il d'une voix musicale. « Bonne est toute substance ! Bonne est l'intelligence, et bonne est l'amour ! Toute santé est en Christ, et Christ est en nous ! »

Il se tourna vers la femme de chambre et vers l'infirmière, qui s'étaient reculées au fond de la pièce :

— « Je vous prie, quittez, laissez-moi. »

— « Allez », dit Mme de Fontanin. Mais Gregory s'était redressé de toute sa hauteur, et son bras tendu jetait l'anathème sur la table où traînaient les ampoules, les compresses, le sceau de glace pilée :

— « Emportez tout ! » ordonna-t-il.

Les femmes obéirent.

Lorsqu'il fut seul avec Mme de Fontanin :

— « Maintenant, *open the window !* » cria-t-il gaîment, « ouvrez, ouvrez toute grande, *dear !* »

Le souffle frais qui faisait bruire les feuillages de l'avenue, sembla venir attaquer l'air vicié de la chambre, le prendre par dessous, le rouler en volutes, le chasser dehors ; et sa caresse atteignit le visage ardent de la malade, qui frissonna.

— « Elle va prendre froid... », chuchota Mme de Fontanin.

Il ne répondit d'abord que par un ricanement heureux.

— « *Shut !* » dit-il enfin. « Fermez la fenêtre, oui, c'est très bien ! Et allumez toutes vos lumières, Madame Fontanin : il faut la clarté autour, il faut la joie ! Et dans nos cœurs aussi il faut la lumière autour, et beaucoup de joie ! *L'Eternel est notre Lumière, l'Eternel est notre Joie : de quoi donc aurais-je crainte ?* Tu as permis que j'arrive avant l'heure maudite ! » ajouta-t-il en levant les mains. Puis il avança une chaise au chevet du lit : « Asseyez-vous. Calme soyez ; très calme. Gardez le *personnel contrôle*. Écoutez seulement ce que Christ inspire en vous. Je vous dis : Christ veut qu'elle soit en santé ! Voulons avec lui ! Invoquons la grande Force du Bien. L'Esprit est tout. Le matériel est esclave du spirituel. Depuis deux jours déjà, la pauvre *darling* est sans préservation de l'influence négative. Oh, tous ces hommes et femmes, ils m'ont fait horreur : ils ne pensent que le pire, ils n'évoquent rien autre que le contrariant ! Et ils croient tout est fini, quand leurs pauvres petites maigres certitudes sont vidées ! »

Les vagissements recommençaient. Jenny se débattait de nouveau. Soudain elle renversa la tête et ses lèvres s'entr'ouvrirent comme si elle allait rendre le dernier souffle. Mme de Fontanin s'était jetée sur le lit, couvrant la petite de son corps, lui criant au visage :

— « Je ne veux pas !... Je ne veux pas !... »

Le pasteur se dirigea vers elle comme s'il la rendait responsable de la crise :

— « Peur ? Vous n'avez donc plus foi ? En face de Dieu il n'y a pas de peur. La peur est seulement charnelle. Mettez de côté l'être charnel, ce n'est pas votre véritable. Marc a dit : *Tout ce que vous demanderez en priant, croyez déjà que vous avez reçu la chose, et alors vous aurez l'accomplissement de cette chose*. Laissez. Priez ! » Mme de Fontanin s'agenouilla. « Priez ! » répéta-t-il sur un ton sévère. « Priez en premier pour vous, âme trop débile ! Que Dieu vous restitue d'abord confiance et paix ! C'est dans votre confiance *totale* que l'enfant trouvera salut ! Invoquez l'Esprit de Dieu ! Je réunis mon cœur avec vous : prions ! »

Il se recueillit un instant et commença la prière. Ce ne fut d'abord qu'un murmure :

80

il était debout, les pieds joints, les bras
croisés, la tête dressée vers le ciel, les paupières closes ; ses mèches, tordues autour
de son front, l'auréolaient de flammes noires.
Peu à peu les mots devinrent perceptibles ;
et les râles rythmés de l'enfant faisaient à
son invocation comme un accompagnement
d'orgue :

— « Tout-Puissant ! Souffle animateur !
Tu domiciles partout, dans chaque le moindre
petit morceau de tes créatures. Et moi je
t'appelle du fond de mon cœur. Emplis de
ta paix ce *home* éprouvé ! Écarte loin de cette
couche toute chose qui n'est pas pensée de
vie ! Le Mal est seulement dans notre faiblesse.
Ah, Seigneur, expulse de nous le *Négatif !*

« Toi seul est l'Infinie Sagesse, et ce que
tu fais de nous est fait selon la loi. C'est
pourquoi cette femme te confie son enfant,
au vestibule de la mort ! Elle le remet à ta
Volonté, elle le quitte, elle l'abandonne !
Et s'il faut que tu arraches l'enfant à la
mère, elle y consent, elle y consent ! »

— « Oh, taisez-vous ! Non, non, James ! »
balbutia Mme de Fontanin.

Sans faire un pas, Gregory laissa tomber
une main de fer sur son épaule :

81

— « Femme de peu de foi, est-ce vous ? Vous que l'Esprit du Seigneur a tant de fois insufflée ? »

— « Ah, James, depuis trois jours, j'ai trop souffert, James, je ne peux plus ! »

— « Je la regarde », fit-il en se reculant, « et ce n'est plus elle, et je ne la connais plus ! Elle a laissé le Mauvais entrer dans sa pensée, dans le temple même de Dieu !

« Priez, pauvre dame, priez ! »

Le corps de l'enfant, sillonné par des décharges nerveuses, sautait sous les draps ; les yeux se rouvrirent ; le regard exorbité fixa successivement les lumières de la chambre. Gregory n'y prêtait aucune attention. Mme de Fontanin, étreignant la fillette avec ses deux bras, essayait de maîtriser ses soubresauts.

— « Force Suprême ! » psalmodiait le pasteur. « Vérité ! Tu as dit : *Si quelqu'un veut venir à ma suite, qu'il renonce à lui-même.* Eh bien, s'il faut que la mère soit mutilée en son enfant, elle accepte ! Elle est consentant ! »

— « Non, James, non... »

Le pasteur se pencha :

— « Renoncez ! Renoncement est même

chose que levain : comme le levain travaille la farine, ainsi le renoncement travaille la pensée mauvaise et fait lever le Bien ! » Puis, se relevant : « Si tu le veux donc, Seigneur, prends sa fille, prends, elle renonce, elle abandonne ! Et si tu as besoin de son fils... »

— « Non... non... »

— « ...et si tu as besoin de prendre aussi son fils, qu'il lui soit arraché de même ! Qu'il ne reparaisse jamais plus sur le seuil du foyer maternel ! »

— « Daniel... Non ! »

— « Seigneur, elle remet son fils à ta Sagesse, et de son plein consentement ! Et si l'époux doit lui être également ôté, qu'il soit ! »

— « Pas Jérôme ! » gémit-elle, se traînant sur les genoux.

— « Qu'il soit pareillement ! » reprit le pasteur avec une exaltation grandissante. « Qu'il soit, sans dispute, et par ta seule Volonté, Source de Lumière ! Source du Bien ! Esprit ! »

Il fit une courte pause ; puis, sans la regarder :

— « Avez-vous fait le sacrifice ? »

— « Pitié, James, je ne peux pas... »

— « Priez ! »

Quelques minutes passèrent :

— « Avez-vous fait le sacrifice, le *total* sacrifice ? »

Elle ne répondit pas et s'affaissa au pied du lit.

Près d'une heure passa. La malade restait immobile ; sa tête seule, rouge et gonflée, oscillait de droite et de gauche ; sa respiration était rauque ; ses yeux, qu'elle ne fermait plus, avaient une expression démente.

Tout à coup, sans que Mme de Fontanin eut bougé, le pasteur tressaillit comme si elle l'eût appelé par son nom, et vint s'agenouiller à son côté. Elle se redressa ; ses traits étaient moins tendus ; elle contempla longuement le petit visage versé sur l'oreiller, écarta les bras, et dit :

— Seigneur, que ta volonté soit faite et non la mienne. »

Gregory ne fit pas un mouvement. Il n'avait jamais douté que cette parole serait dite, à son heure. Il avait les yeux clos ; de toute sa volonté, il appelait la grâce de Dieu.

PREMIÈRE PARTIE. V

Les heures se succédèrent. Par moments,
on eût dit que la petite allait perdre ses dernières forces, et tout ce qui lui restait de vie
semblait vaciller avec son regard. A d'autres
instants, le corps était secoué de convul-
sions ; alors Gregory prenait une des mains
de Jenny dans les siennes, et disait avec
humilité :

— « Nous moissonnerons ! Nous moissonnerons ! Mais il faut prier. Prions. »

Vers cinq heures, il se leva, étendit sur
l'enfant une couverture qui avait glissé à
terre, et ouvrit la fenêtre. L'air froid de
la nuit fit irruption dans la chambre. Mme de
Fontanin, toujours à genoux, n'avait pas
fait un geste pour retenir le pasteur.

Il monta sur le balcon. L'aube était encore
indécise, le ciel gardait une couleur métal-
lique ; l'avenue se creusait comme une tran-
chée d'ombre. Mais sur le jardin du Luxembourg l'horizon blêmissait ; des vapeurs cir-
culèrent dans l'avenue, et enveloppèrent
d'ouate les touffes noires des cimes. Gregory
raidit les bras pour ne pas frissonner, et ses
deux poings se nouèrent à la rampe. La

fraîcheur du matin, balancée par un vent léger, baignait son front moite, son visage fripé par la veille et la prière. Déjà les toits bleuissaient, les persiennes tranchaient en clair sur la pierre enfumée des maisons.

Le pasteur fit face au Levant. Des fonds obscurs de la nuit, une ample nappe de lumière montait vers lui, une lumière rosée, qui bientôt rayonna dans tout le ciel. La nature entière s'éveillait ; des milliards de molécules joyeuses scintillaient dans l'air matinal. Et, tout à coup, un souffle nouveau gonfle sa poitrine, une force surhumaine le pénètre, le soulève, le grandit démesurément. Il prend en un instant conscience de possibilités sans limites : sa pensée commande à l'univers : il peut tout oser, il peut crier à cet arbre : Frémis ! et il frémira ; à cette enfant : Lève-toi ! et elle ressuscitera. Il étend le bras ; et soudain, prolongeant son geste, le feuillage de l'avenue palpite : de l'arbre qui est à ses pieds, une nuée d'oiseaux s'échappe avec des pépiements d'ivresse.

Alors il s'approche du lit, pose la main sur les cheveux de la mère agenouillée, et s'écrie :

— « Alleluia, *dear !* Le total nettoyage est accompli ! »

Il s'avance vers Jenny :

— « Les ténèbres sont expulsées ! Donnez-moi vos mains, mon doux cœur. » Et l'enfant qui depuis deux jours ne comprend presque plus les paroles, présente ses mains. « Regardez-moi ! » Et les yeux hagards qui ne semblaient plus voir, se fixent sur lui. « *Il te délivrera de la mort, et les bêtes de la terre seront en paix avec toi.* Vous êtes en santé, petite chose ! Il n'y a plus de ténèbres ! Gloire à Dieu ! Priez ! » Le regard de l'enfant a retrouvé une expression consciente : elle remue les lèvres ; il semble vraiment qu'elle tente un effort pour prier. « Maintenant, *my darling*, laissez descendre les paupières. Doucement... C'est bien... Dormez, *my darling*, vous n'avez plus contrariété ! Il faut dormir de joie ! »

Quelques minutes plus tard, pour la première fois depuis cinquante heures, Jenny sommeillait. La tête immobile s'enfonçait mollement dans l'oreiller ; l'ombre des cils s'allongeait sur les joues, et les lèvres laissaient passer une haleine égale. Elle était sauvée.

VI

C'était un cahier de classe en toile grise, choisi pour aller et venir entre Jacques et Daniel, sans attirer l'attention du professeur. Les premières pages étaient barbouillées d'inscriptions comme :

« Quelles sont les dates de Robert-le-Pieux ? »

« Écrit-on *rapsodie* ou *rhapsodie ?* »

« Comment traduis-tu *eripuit ?* »

D'autres étaient chargées de notes et de corrections qui devaient se rapporter à des poèmes de Jacques, écrits sur feuilles volantes.

Bientôt une correspondance suivie s'établissait entre les deux écoliers.

La première lettre un peu longue était de Jacques :

« Paris, Lycée Amyot, en classe de troisième A, sous l'œil soupçonneux de QQ', dit Poil-de-Cochon, le lundi dix-septième jour de mars, à 3 h. 31 min. 15 sec.

« Ton état d'âme est-il l'indifférence, la sensualité, ou l'amour ? Je penche plutôt pour le troisième état, qui t'est plus nature que les autres.

« Quant à moi, plus j'étudie mes sentiments, plus je vois que l'homme

EST UNE BRUTE,

et que l'amour seul peut l'élever. C'est le cri de mon cœur blessé, il ne me trompe pas ! Sans toi, ô mon très cher, je ne serais qu'un cancre, qu'un crétin. Si je vibre, c'est à toi que je le dois !

« Je n'oublierai jamais ces moments, trop rares, hélas, et trop courts, où nous sommes entièrement l'un à l'autre. Tu es mon seul amour ! Je n'en aurai jamais d'autre, car mille souvenirs passionnés de toi m'assailliraient aussitôt. Adieu, j'ai la fièvre, mes tempes battent, mes yeux se troublent. Rien ne nous séparera jamais, n'est-ce pas ? Oh, quand, quand serons-nous libres ? Quand pourrons-nous vivre ensemble, voyager ensemble ? J'adorerai les pays étrangers ! Recueillir ensemble des impressions immortelles et pittoresques, et, ensemble, les transformer en poèmes, lorsqu'elles sont encore chaudes !

« Je n'aime pas attendre. Écris-moi le plus tôt possible. Je veux que tu m'aies répondu avant 4 h. si tu m'aimes *comme* je t'aime !!

« Mon cœur étreint ton cœur, ainsi que Pétrone étreignait sa divine Eunice !

> *Vale et me ama !*

« J. »

A quoi Daniel avait répondu sur le feuillet suivant :

« Je sens que j'aurais beau vivre seul sous un autre ciel, le lien vraiment unique qui unit nos deux âmes, me ferait quand même deviner tout ce que tu deviens. Il me semble que les jours ne passent pas sur notre liaison.

« Te dire le plaisir que m'a fait ta lettre, c'est impossible. N'étais-tu pas mon ami,

et n'es-tu pas devenu plus encore ? la vraie
moitié de moi-même ? N'ai-je pas contribué
à former ton âme comme tu as contribué
à former la mienne ? Dieu, que je sens tout
cela vrai et fort, en t'écrivant ! Je vis ! Et
tout vit en moi, corps, esprit, cœur, imagination, grâce à ton attachement, dont je ne
douterai jamais, ô mon vrai et seul ami !

« D. »

« *P.-S.* J'ai décidé ma mère à bazarder
mon vélo, qui est vraiment trop clou.
« *Tibi*,

« D. »

Une autre lettre de Jacques :

« *O dilectissime* !

« Comment peux-tu être tantôt gai et
tantôt triste ? Moi, dans mes plus folles
gaîtés, je suis parfois la proie d'un amer souvenir. Non, jamais plus, je le sens, je ne saurai
être gai et frivole ! Devant moi se dressera
toujours le spectre d'un inaccessible Idéal !

« Ah, parfois je comprends l'extase de ces
nonnes pâles au visage exsangue, qui passent

leur vie hors de ce monde trop réel ! Avoir des ailes, pour les briser, hélas, contre les barreaux d'une prison ! Je suis seul dans un univers hostile, mon père bien-aimé ne me comprend pas. Je ne suis pas bien vieux, cependant, et déjà derrière moi, que de plantes brisées, que de rosées devenues pluies, que de voluptés inassouvies, que d'amers désespoirs !...

« Pardonne-moi, mon amour, d'être aussi lugubre en ce moment. Je suis en voie de formation sans doute : mon cerveau bouillonne, et mon cœur aussi, (plus fort même encore, si c'est possible). Restons unis ! Nous éviterons ensemble les écueils, et ce tourbillon qu'on nomme plaisirs.

« Tout s'est évanoui dans mes mains, mais il me reste la volupté d'être à toi, notre secret, ô élu de mon cœur !!!

« J. »

« P.-S. Je termine en hâte cette missive, pressé par ma récitation dont je ne sais pas le premier mot. Zut !

« O mon amour, si je ne t'avais pas, je crois que je me tuerais ! »

« J. »

Daniel avait répondu aussitôt :

« Tu souffres, ami ?

« Pourquoi, toi, si jeune, ô mon ami très cher, toi, si jeune, pourquoi maudire la vie ? Sacrilège ! Ton âme, dis-tu, est enchaînée à la terre ? Travaille ! Espère ! Aime ! Lis !

« Comment te consolerai-je du tourment qui accable ton âme ? Quel remède à ces cris de découragement ? Non, mon ami, l'Idéal n'est pas incompatible avec la nature humaine. Non, ce n'est pas seulement une chimère enfantée à travers quelque rêve de poète ! L'Idéal, pour moi, (c'est difficile à expliquer) mais, pour moi, c'est mêler du grand aux plus humbles choses terrestres ; c'est faire grand tout ce qu'on fait ; c'est le développement complet de tout ce que le Souffle Créateur a mis en nous comme facultés divines. Me comprends-tu ? Voilà l'Idéal, tel qu'il réside au fond de mon cœur.

« Enfin, si tu en crois un ami fidèle jusqu'au trépas, qui a beaucoup vécu parce qu'il a beaucoup rêvé et beaucoup souffert ;

si tu en crois ton ami qui n'a jamais voulu
que ton bonheur, il faut te répéter que tu
ne vis pas pour ceux qui ne peuvent te comprendre, pour le monde extérieur qui te
méprise, pauvre enfant, mais pour *quelqu'un*
(moi) qui ne cesse de penser à toi, et de sentir
comme toi et avec toi sur toutes choses !

« Ah ! que la douceur de notre liaison pri-
vilégiée soit un baume sacré sur ta blessure,
ô mon ami !

« D. »

Sans attendre, Jacques avait griffonné en
marge :

« Pardonne ! C'est la faute de mon caractère violent, exagéré, fantasque, très cher
amour ! Je passe du plus sombre découragement aux plus futiles espérances : à fond
de cale, et, l'instant d'après, emballé jusqu'aux nues !! N'aimerai-je donc jamais
rien de suite ? (si ce n'est toi !!) (et mon
ART !!!) Tel est mon destin ! Acceptes-en
l'aveu !

« Je t'adore pour ta générosité, pour ta
sensibilité de fleur, pour le sérieux que tu

94

mets dans toutes tes pensées, dans toutes tes actions, et jusque dans les voluptés de l'amour. Toutes tes tendresses, tous tes émois, je les endure en même temps que toi ! Rendons grâce à la Providence de nous être aimés, et que nos cœurs, ravagés de solitude, aient pu s'unir dans une étreinte si indissolublement charnelle !

« Ne m'abandonne jamais !

« Et souvenons-nous éternellement que nous avons l'un dans l'autre

« l'objet passionné de

« NOTRE AMOUR !

« J. »

Deux longues pages de Daniel ; une écriture haute et ferme :

« Ce mardi 7 avril.

« Mon ami,

« J'aurai quatorze ans demain. L'an dernier je murmurais : quatorze ans... — comme dans un beau rêve insaisissable. Le temps passe et nous flétrit. Et, au fond, rien ne change. Toujours nous-mêmes. Rien n'est changé, si ce n'est que je me sens découragé et vieilli.

« Hier soir, en me couchant, j'ai pris un volume de Musset. La dernière fois, dès les premiers vers, je frissonnais, et parfois même des larmes s'échappaient de mes yeux. Hier, pendant de longues heures d'insomnie, je m'exaltais et ne sentais rien venir. Je trouvais les phrases bien coupées, harmonieuses... O sacrilège ! Enfin le sentiment poétique s'est réveillé en moi, avec un torrent de pleurs délicieuses, et j'ai vibré enfin.

« Ah ! pourvu que mon cœur ne se dessèche pas ! J'ai peur que la vie m'endurcisse le cœur et les sens. Je vieillis. Déjà les grandes idées de Dieu, l'Esprit, l'Amour, ne battent plus dans ma poitrine comme jadis, et le Doute rongeur me dévore quelquefois. Hélas ! pourquoi ne pas vivre de toute la force de notre âme, au lieu de raisonner ? *Nous pensons trop !* J'envie la vigueur de la jeunesse, qui s'élance au péril sans rien voir, sans tant réfléchir ! Je voudrais pouvoir, les yeux fermés, me sacrifier à une Idée sublime, à une Femme idéale et sans souillure, au lieu d'être toujours replié sur moi !

Ah, c'est affreux, ces aspirations sans issue !...
« Tu me félicites de mon *sérieux*. C'est
ma misère, au contraire, c'est mon destin
maudit ! Je ne suis pas comme l'abeille
butineuse qui s'en va sucer le miel d'une
fleur, plus d'une autre fleur. Je suis comme
le noir scarabée qui s'enferme au sein d'une
seule rose, et vit en elle jusqu'à ce qu'elle
ferme ses pétales sur lui, et, étouffé dans
cette suprême étreinte, il meurt entre les
bras de la fleur qu'il a élue.

« Aussi fidèle est mon attachement pour
toi, ô mon ami ! Tu es la tendre rose qui
s'est ouverte pour moi sur cette terre désolée.
Ensevelis mon noir chagrin au plus creux
de ton cœur ami !

« D. »

« P.-S. Pendant les vacances de Pâques,
tu pourras sans crainte écrire chez moi.
Ma mère respecte toutes mes épistoles. (Pas
cependant des choses extraordinaires !)

« J'ai fini *La Débâcle* de Zola, je peux te la
prêter. J'en suis encore ému et frissonnant.
C'est beau de puissance et de profondeur.
Je vais commencer *Werther*. Ah, mon ami,
voilà enfin le livre des livres ! J'ai pris aussi

LES THIBAULT

Elles et lui de Gyp, mais je lirai *Werther* avant.

« D. »

Jacques lui avait envoyé ces lignes sévères :

« Pour la quatorzième année de mon ami :

« *Il y a dans l'univers un homme qui, le jour, souffre des tourments indicibles, et qui, la nuit, ne peut dormir ; qui sent dans son cœur un vide affreux que n'a pu remplir la volupté ; dans sa tête, un bouillonnement de toutes ses facultés ; qui, au milieu des plaisirs, parmi tous les gais convives, sent tout à coup la solitude aux ailes sombres planer sur son cœur ; il y a dans l'univers un homme qui n'espère rien, qui ne craint rien, qui déteste la vie et n'a pas la force de la quitter : cet homme, c'est CELUI QUI NE CROIT PAS EN DIEU !!!*

« P.-S. Garde ceci. Tu le reliras quand tu seras ravagé et que tu clameras en vain dans les ténèbres.

« J. »

PREMIÈRE PARTIE. VI

« As-tu travaillé pendant les vacances ? »
questionnait Daniel sur le haut d'une page.
Et Jacques avait répondu :

« J'ai achevé, dans le genre de mon *Harmodius et Aristogiton*, un poème, qui commence d'une façon assez chic :

« *Ave Cœsar ! Voici la Gauloise aux yeux bleus...*
« *Pour toi, la danse aimée de sa patrie perdue !*
« *Comme un lotus des fleuves sous le vol neigeux des*
cygnes,
« *Sa taille ploie dans un frisson...*
« *Empereur !... Ses lourdes épées étincellent...*
« *Vois ! C'est une danse de son pays !... »*

Etc... etc... Et qui se termine ainsi :

« *— Mais tu pâlis, Cœsar ! Hélas ! Trois fois hélas !*
« *A sa gorge a mordu la pointe des épées !*
« *La coupe échappe... Ses yeux sont clos...*
« *La voici toute ensanglantée*
« *La danse nue des soirs baignés de lune !*

« *Devant le grand feu clair qui palpite au bord du lac,*
« *Voici la danse terminée,*
« *De la Guerrière blonde au festin de Cœsar !*

« J'appelle ça *L'Offrande Pourpre*, et j'ai
une danse mimée qui va avec. Je voudrais
la dédier à la divine Loïe Fuller, pour qu'elle

99

la danse à l'Olympia. Crois-tu qu'elle le ferait ?

« Depuis quelques jours j'avais cependant pris l'irrévocable décision de revenir au vers régulier et à la rime des grands classiques. (En somme, je crois que je les avais méprisés parce que c'est plus difficile.) J'ai commencé une ode en strophes rimées sur le martyre dont je t'avais parlé ; voici le début :

« *Au R. P. Perboyre, lazariste.*
  « *Martyrisé en Chine le 20 nov.* 1839
  « *Béatifié en janvier* 1889.

« *Salut, ô prêtre saint, dont le touchant martyre,*
« *Fait frissonner d'horreur, le monde épouvanté !*
« *Permets que mes accords te chantent sur ma lyre,*
  « *Héros de notre chrétienté*

« Mais, depuis hier soir, je crois que ma vraie vocation sera d'écrire, non des poèmes, mais des nouvelles, et si j'en ai la patience, des romans. Je suis travaillé par un grand sujet. Écoute :

« Une jeune fille, enfant de grand artiste, née dans le coin d'un atelier, artiste elle-même (c'est-à-dire un peu légère de genre, mais faisant résider son idéal non dans la vie de famille mais dans l'expression du

Beau) ; elle est aimée par un jeune homme
sentimental mais bourgeois, que sa beauté
sauvage a fasciné. Mais bientôt ils se haïssent
passionnément et se quittent, lui pour la
vie de famille chaste avec une petite pro-
vinciale, et elle, éplorée d'amour, s'enfonce
dans la débauche (ou consacre son génie à
Dieu, je ne sais pas encore). Voilà mon idée :
qu'en pense l'ami ?

« Ah, vois-tu, ne rien faire d'artificiel,
suivre sa nature, et quand on se sent né
pour créer, se considérer comme ayant en
ce monde la plus grave et la plus belle des
missions, un grand devoir à accomplir. Oui !
Etre sincère ! Etre sincère en tout, et toujours ! Ah, comme cette pensée me poursuit
cruellement ! Mille fois j'ai cru apercevoir
en moi cette fausseté des faux-artistes, des
faux-génies, dont parle Maupassant dans
Sur l'eau. Mon cœur se soulevait de dégoût.
O mon très cher, comme je remercie Dieu
de t'avoir donné à moi, comme nous aurons
besoin éternellement l'un de l'autre pour
bien nous connaître nous-mêmes et ne jamais
nous faire illusion sur notre véritable génie !

« Je t'adore et te serre la main passionnément, comme ce matin, tu sais ? Et de tout

mon être qui est tien, entièrement et avec
volupté !

« Méfie-toi. QQ' nous a fait un sale œil.
Il ne peut pas comprendre qu'on ait de
nobles pensées et qu'on les communique à
son ami, pendant qu'il ânonne son Salluste !

« J. »

De Jacques encore, cette lettre écrite d'un
jet, et presqu'illisible :

« *Amicus amico !*

« Mon cœur est trop plein, il déborde !
Je verse ce que je peux de ses flots écumants
sur le papier :

« Né pour souffrir, aimer, espérer, j'espère,
j'aime et je souffre ! Le récit de ma vie
tient en deux lignes : ce qui me fait vivre
c'est l'amour ; et je n'ai qu'un amour :
TOI !

« Depuis mes jeunes années, j'avais besoin
de vider ces bouillonnements de mon cœur
dans le cœur de quelqu'un qui me com-
prenne en tout. Que de lettres ai-je écrites,
jadis, à un personnage imaginaire qui me
ressemblait comme un frère ! Hélas ! mon

cœur parlait, ou plutôt écrivait à mon propre cœur, avec ivresse ! Puis, tout à coup, Dieu a voulu que cet idéal se fasse chair, et il s'est incarné en toi, ô mon Amour ! Comment est-ce que ça a commencé ? On ne sait plus : de chaînon en chaînon, on se perd en dédale d'idées sans retrouver l'origine. Mais peut-on rien rêver d'aussi voluptueux et sublime que cet amour ? Je cherche en vain des comparaisons. A côté de notre grand secret, tout pâlit ! C'est un soleil qui échauffe et illumine nos deux existences ! Mais tout cela ne se peut écrire ! Écrit, cela ressemble à la photographie d'une fleur !

« Mais assez !

« Tu aurais peut-être besoin de secours. de consolation, d'espoir, et je t'envoie, non des mots de tendresses, mais ces lamentations d'un cœur égoïste, qui ne vit que pour lui-même. Pardonne, ô mon amour ! Je ne peux t'écrire autrement. Je traverse une crise et mon cœur est plus desséché que le lit rocailleux d'un ravin ! Incertitude de tout et de moi-même, n'es-tu pas le mal le plus cruel ?

« Dédaigne-moi ! Ne m'écris plus ! Aimes-en un autre ! Je ne suis plus digne du don de toi-même !

« O ironie d'un sort fatal qui me pousse où ? Où ?? Néant !!!

« Écris-moi ! Si je ne t'avais plus, je me tuerais !

« *Tibi eximo, carissime* !

« J. »

L'abbé Binot avait inséré à la fin du cahier un billet intercepté par le professeur, la veille de la fuite.

L'écriture était de Jacques : un affreux griffonnage au crayon :

« Aux gens qui accusent lâchement et sans preuves, à ceux-là, Honte !

« HONTE ET MALHEUR !

« Toute cette intrigue est menée par une curiosité ignoble ! Ils voulaient farfouiller dans notre amitié et leur procédé est infâme !

« Pas de lâche compromission ! Tenir tête à l'orage ! Plutôt mourir !

« Notre amour est au dessus des calomnies et des menaces !

« Prouvons-le !

« A toi, POUR LA VIE,

« J. »

VII

Ils étaient arrivés à Marseille le dimanche soir, après minuit. L'exaltation était tombée. Ils avaient dormi, courbés en deux, sur la banquette de bois, dans le wagon mal éclairé ; l'entrée en gare, le fracas des plaques tournantes, venaient de les éveiller en sur-saut ; et ils étaient descendus sur le quai, les yeux clignotants, silencieux, inquiets, dégrisés.

Il fallait coucher. En face de la gare, sous un globe blanc portant l'enseigne « Hôtel », un tenancier guettait le client. Daniel, le plus assuré des deux, avait demandé deux lits pour la nuit. L'homme, méfiant par principe, avait posé quelques questions. Tout était préparé : à la gare de Paris, leur père, ayant oublié un colis, avait manqué le départ ; sans doute arriverait-il le len-demain par le premier train. Le patron sifflotait et dévisageait les enfants avec un mauvais regard. Enfin il avait ouvert un registre :

— « Inscrivez vos noms. »

Il s'adressait à Daniel parce qu'il paraissait l'aîné, — on lui eût donné seize ans, — mais surtout parce que la distinction de ses traits, de toute sa personne, contraignait à certains égards. Il s'était découvert en pénétrant dans l'hôtel ; non par timidité ; il avait une façon d'enlever son chapeau et de laisser retomber le bras, qui semblait dire : « Ce n'est pas particulièrement pour vous que je me découvre ; c'est parce que je tiens aux usages de la politesse. » Ses cheveux noirs, plantés avec symétrie, formaient une pointe marquée au milieu du front, qui était très blanc. Le visage allongé se terminait par un menton d'un dessin ferme, à la fois volontaire et calme, sans rien de brutal. Son regard avait soutenu, sans faiblesse ni bravade l'investigation de l'hôtelier ; et, sur le registre, il avait écrit, sans hésitation : *Georges et Maurice Legrand.*

— « La chambre, ce sera sept francs. Ici, on paie toujours d'avance. Le train de nuit arrive à 5 h. 30 ; je vous cognerai. »

Ils n'avaient pas osé dire qu'ils mouraient de faim.

Le mobilier de la chambre se composait de deux lits, d'une chaise, d'une cuvette. En entrant, la même confusion les avait troublés d'avoir à se dévêtir l'un devant l'autre. Toute envie de dormir était dissipée. Afin de retarder le moment pénible, ils s'étaient assis sur leurs lits pour faire leurs comptes : additionnées, leurs économies se montaient à cent quatre-vingt-huit francs, qu'ils partagèrent. Jacques, vidant ses poches, en avait tiré un petit poignard corse, un ocarina, une traduction à 0 fr. 25 de Dante, enfin une tablette de chocolat à demi-fondue, dont il avait donné la moitié à Daniel. Puis ils étaient restés sans savoir que faire. Daniel, pour gagner du temps, avait délacé ses bottines. Jacques l'avait imité. Une angoisse imprécise aggravait leur gêne. Enfin Daniel avait pris un parti : il avait soufflé la bougie en disant : « Alors, j'éteins... » Et ils s'étaient couchés très vite, en silence.

Le matin, avant cinq heures, on ébranlait leur porte. Ils s'habillèrent comme des spectres, sans autre éclairage que l'aube blanchissante. La crainte d'avoir à causer, leur fit refuser le café préparé par le patron ; et ils gagnèrent la buvette de la gare, frissonnants et à jeun.

A midi, ils avaient déjà parcouru Marseille en tous sens. L'audace leur était revenue avec le grand jour et la liberté. Jacques avait fait l'emplette d'un calepin pour écrire ses impressions, et il s'arrêtait de temps à autre, l'œil inspiré, griffonnant des notes. Ils achetèrent du pain, de la charcuterie, descendirent au port, et s'installèrent sur des rouleaux de cordages, devant les grands navires immobiles et les voiliers oscillants.

Un marin les fit lever pour dérouler ses câbles.

— « Où vont-ils donc ces bateaux-là ? » hasarda Jacques.

— « Ça dépend. Lequel ? »

— « Ce gros-là ? »

— « A Madagascar. »

— « Vrai ? On va le voir partir ? »

— « Non. Celui-là ne part que jeudi. Mais si tu veux voir un départ, faut t'amener ce soir à 5 heures : celui-ci, le *La Fayette*, part pour Tunis. »

Ils étaient renseignés.

— « Tunis », observa Daniel, « ce n'est pas l'Algérie... »

— « C'est toujours l'Afrique », dit Jacques, en arrachant une bouchée de pain. Accroupi sur ses talons contre un tas de bâches, avec ses cheveux roux, durs et broussailleux, plantés comme de l'herbe sur son front bas, avec sa tête osseuse aux oreilles décollées, son cou maigre, son petit nez mal formé qu'il fronçait sans cesse, il avait l'air d'un écureuil grignotant des faînes.

Daniel s'était arrêté de manger.

— « Dis donc... Si on *leur* écrivait d'ici, avant de s'... »

Le coup d'œil du petit l'interrompit net.

— « Es-tu fou ? » cria-t-il, la bouche pleine. « Pour qu'ils nous fassent cueillir à l'arrivée ? »

Il fixait son ami avec une expression de colère. Dans cette figure ingrate, encore enlaidie par un semis de taches de son, les yeux, d'un bleu dur, petits, encaissés, volontaires, avaient une vie saisissante ; et leur regard était si changeant qu'il était quasi indéchiffrable, tantôt sérieux, puis aussitôt espiègle ; tantôt doux, même calin, et tout à coup méchant, presque cruel ;

quelquefois se mouillant de larmes, mais le plus souvent sec, ardent, et comme incapable de s'attendrir jamais.

Daniel fut sur le point de répliquer ; mais il se tut. Son visage conciliant s'offrait sans défense à l'irritation de Jacques ; et il se mit à sourire, comme pour s'excuser. Il avait une façon particulière de sourire : sa bouche, petite, aux lèvres ourlées, se relevait subitement vers la gauche, en découvrant les dents ; et, sur ses traits graves, cette gaîté mettait une irrégularité charmante.

Pourquoi ce grand garçon réfléchi ne s'insurgeait-il pas contre l'ascendant de ce gamin ? Son éducation, la liberté dont il jouissait, ne lui donnaient-elles pas sur Jacques un incontestable droit d'aînesse ? Sans compter qu'au lycée où ils se rencontraient, Daniel était un bon élève, et Jacques un cancre. L'esprit clair de Daniel était en avance sur l'effort qu'on exigeait de lui. Jacques, au contraire, travaillait mal, ou plutôt ne travaillait pas. Faute d'intelligence ? Non. Mais, par malheur, son intelligence poussait dans un tout autre sens que celui des études. Un démon intérieur lui

suggérait toujours cent sottises à faire ; il
n'avait jamais su résister à une tentation ;
d'ailleurs il paraissait irresponsable, et satis-
faire seulement un caprice de son démon.
Le plus étrange reste à dire : bien qu'il fut
en tout le dernier de sa classe, ses condisciples
et même ses professeurs ne pouvaient s'empêcher de lui porter une sorte d'intérêt :
parmi ces enfants, dont la personnalité somnolait dans l'habitude et la discipline, auprès
de ces maîtres appliqués, dont le génie
naturel semblait croupir, ce cancre, au visage
ingrat, mais qui avait des explosions de
franchise et de volonté, qui paraissait vivre
dans un univers de fantaisie, créé par lui
et pour lui seul, qui n'hésitait pas à se lancer
dans les aventures les plus saugrenues sans
jamais en craindre les risques, ce petit
monstre provoquait l'effroi, mais imposait
une inconsciente estime. Daniel avait été
des premiers à subir l'attrait de cette nature,
plus fruste que lui, mais si riche, et qui ne
cessait de l'étonner, de l'instruire ; d'ailleurs
il avait lui aussi quelque chose d'ardent, et
ce même penchant vers la liberté et la révolte.
Quant à Jacques, demi-pensionnaire dans
une école catholique, issu d'une famille où

les pratiques religieuses tenaient une grande place, ce fut tout d'abord pour le plaisir d'échapper une fois de plus aux barrières qui l'encerclaient, qu'il se plut à rechercher l'attention de ce protestant, à travers lequel il pressentait déjà un monde opposé au sien. Mais, en quelques semaines, avec la rapidité du feu, leur camaraderie était devenue une passion exclusive, où l'un et l'autre trouvaient enfin le remède à une solitude morale dont chacun avait souffert sans le savoir. Amour chaste, amour mystique, où leurs deux jeunesses fusionnaient dans le même élan vers l'avenir ; mise en commun de tous les sentiments excessifs et contradictoires qui ravageaient leurs âmes de quatorze ans, depuis la passion des vers à soie et des alphabets chiffrés, jusqu'aux plus secrets scrupules de leurs consciences, jusqu'à cet enivrant goût de vivre que chaque journée vécue soulevait en eux.

Le sourire silencieux de Daniel avait apaisé Jacques, qui s'était remis à mordre dans son pain. Il avait le bas du visage assez vulgaire, — la mâchoire des Thibault, — et une bouche trop fendue, avec des lèvres gercées, une bouche laide mais expressive, autoritaire, sensuelle. Il leva la tête :

— « Tu verras, je sais », affirma-t-il, « à Tunis, la vie est facile ! On emploie aux rizières tous ceux qui se présentent ; on mâche du bétel, c'est délicieux... On est payé tout de suite et nourri à discrétion, de dattes, de mandarines, de goyaves... »

— « On leur écrira de là-bas », hasarda Daniel.

— « Peut-être », rectifia Jacques, en secouant son front rouquin. « Quand on sera bien établi, et qu'ils auront vu qu'on peut se passer d'eux. »

Ils se turent. Daniel, qui ne mangeait plus, contemplait devant lui les grosses coques noires, et le grouillement des hommes de peine sur les dalles ensoleillées, et la splendeur de l'horizon à travers l'enchevêtrement des mâts : il luttait et s'aidait du spectacle pour ne pas penser à sa mère.

L'important était de s'embarquer, dès ce soir, sur le *La Fayette*.

Un garçon de café leur indiqua le bureau des Messageries. Les prix étaient affichés. Daniel se pencha vers le guichet.

— « Monsieur, mon père m'envoie prendre deux places de troisième classe pour Tunis. »

113

— « Votre père ? » dit le vieux en continuant de travailler. On ne voyait que le haut d'un front émergeant des paperasses. Il écrivit un long moment. Le cœur des enfants défaillait.

— « Eh bien », fit-il enfin, sans avoir levé le nez, « tu lui diras qu'il vienne ici lui-même, et avec ses papiers, tu entends ? »

Ils se sentaient examinés par les gens qui étaient dans le bureau. Ils s'échappèrent sans répondre. Jacques, rageur, enfonçait les mains jusqu'au fond de ses poches. Son imagination lui proposait déjà dix subterfuges différents : s'engager comme mousses ; ou bien voyager, comme des colis, dans des caisses clouées, avec des vivres ; ou plutôt louer une barque, et s'en aller, à petites journées, le long des côtes, jusqu'à Gibraltar, jusqu'au Maroc, en faisant escale le soir dans les ports pour jouer de l'ocarina et faire la quête, à la terrasse des auberges.

Daniel réfléchissait ; il venait d'entendre de nouveau l'avertissement secret. Plusieurs fois, déjà, depuis le départ. Mais, cette fois, il ne pouvait plus se dérober, il fallait en prendre conscience : en lui, une voix mécontente, désapprouvait.

— « Et si on restait à Marseille, bien cachés ? » proposa-t-il.

— « On serait pisté avant deux jours », riposta Jacques en haussant les épaules. « Déjà, aujourd'hui, ils nous font chercher partout, tu peux en être sûr. »

Daniel aperçut là-bas sa mère inquiète qui pressait Jenny de questions ; puis elle allait demander au censeur ce que son fils était devenu.

— « Écoute », dit-il. Sa respiration était oppressée ; il avisa un banc ; ils s'assirent. « Voilà le moment de réfléchir, » reprit-il courageusement. « Après tout, quand ils nous auront bien cherchés pendant deux ou trois jours, — ils seront peut-être assez punis ? »

Jacques serrait les poings.

— « Non, non et non ! » hurla-t-il. « Tu as déjà tout oublié ? » Son corps nerveux était si tendu, qu'il n'était plus assis sur le banc mais appuyé contre, comme une pièce de bois. Ses yeux étincelaient de rancune, contre l'École, l'abbé, le lycée, le censeur, son père, la société, l'injustice universelle. « Jamais ils ne nous croiront ! » criait-il. Sa voix devint rauque : « Ils ont volé notre cahier gris ! Ils ne comprennent pas, ils ne peuvent pas comprendre ! Si tu avais vu l'abbé, comme il cherchait à me faire avouer ! Son air jésuite ! Parce que tu es protestant, tu es capable de tout !... »

Son regard se détourna, par pudeur. Daniel baissa le sien ; une atroce douleur le poignait à la pensée que sa mère pouvait être effleurée par l'abominable soupçon. Il murmura :

— « Crois-tu qu'ils raconteront à maman... ? »

Mais Jacques n'écoutait pas.

— « Non, non et non ! » reprit-il. « Tu sais ce qui a été convenu? Rien n'est changé ! Assez de persécutions ! Au revoir ! Quand nous aurons montré, par des actes, ce que nous sommes, et qu'on n'a pas besoin d'eux, tu verras comme ils nous respecteront ! Il n'y a qu'une solution : s'expatrier, gagner sa vie sans eux, voilà ! Et alors, oui, leur écrire où nous sommes, poser nos conditions, déclarer que nous voulons rester amis et être libres, parce que c'est entre nous à la vie à la mort ! » Il se tut, se maîtrisa, et reprit d'un ton bien posé : « Ou bien, je te l'ai dit, je me tue. »

Daniel lui jeta un regard effaré. Le petit

visage pâle, semé de taches jaunes, était
ferme, sans forfanterie.

— « Je te jure, je suis bien décidé à
ne pas retomber entre leurs pattes ! J'aurai
fait mes preuves avant. S'enfuir, où ça... »,
fit-il, en montrant sous son gilet le manche
du poinçon corse qu'il avait couru prendre,
le dimanche matin, dans la chambre de son
frère. « Ou plutôt ça... », continua-t-il, en
tirant de sa poche un petit flacon ficelé dans
du papier. « Si jamais tu refusais maintenant
de t'embarquer avec moi, ça ne serait pas
long : hop !... » Il fit le geste d'avaler le
contenu du flacon. « ... et je tombe fou-
droyé. »

— « Qu'est-ce que c'est ? » balbutia Daniel.

— « Teinture d'iode », articula Jacques,
sans baisser les yeux.

Daniel supplia :

— « Donne-moi ça, Thibault... »

Malgré sa terreur, il se sentait soulevé de
tendresse, d'admiration ; il subissait l'ex-
traordinaire fascination de Jacques ; et puis,
voici que l'aventure le tentait de nouveau.
Mais Jacques avait déjà enfoui le flacon
au fond de sa poche.

117

— « Marchons », dit-il avec un regard sombre. « On pense mal, assis. »

A quatre heures, ils revinrent sur le quai. Autour du *La Fayette*, l'agitation était extrême : une file ininterrompue d'hommes de peine, portant des caisses sur les épaules, et pareils à des fourmis traînant leurs œufs, cheminait sur les passerelles. Les deux enfants, Jacques en tête prirent le même chemin. Sur le pont frais lavé, des marins, maniant un treuil au-dessus d'un trou béant, engouffraient des bagages dans la cale. Un bonhomme, trapu, le nez brusqué, la barbe en fer à cheval, noir de poil, rose et lisse de peau, commandait la manœuvre, en veste bleue, avec un galon d'or sur la manche.

Au dernier moment, Jacques s'effaça.

— « Pardon, Monsieur », dit Daniel, en se découvrant avec lenteur, « est-ce que vous êtes le Capitaine ? »

L'autre rit :

— « Pourquoi ? »

— « Je suis avec mon frère, Monsieur. Nous venons vous demander... » Avant même d'avoir achevé, Daniel sentit qu'il faisait fausse route, qu'ils étaient perdus.

« ... de partir avec vous... pour Tunis... »

— « Comme ça ? Tout seuls ? » fit le bonhomme, en clignant des paupières. Dans l'expression de son œil sanguin, quelque chose d'entreprenant et d'un peu fou allait plus loin que ses paroles.

Daniel n'avait plus d'autre issue que de continuer les mensonges convenus.

— « Nous étions venus à Marseille pour retrouver notre père ; mais on lui a offert une place à Tunis, dans une rizière, et... il nous a écrit de le rejoindre. Mais nous avons de quoi vous payer notre voyage », ajouta-t-il de son chef ; et il n'eût pas plutôt cédé à son inspiration qu'il comprit que cette offre n'était pas moins maladroite que le reste.

— « Bon. Mais ici, chez qui habitez-vous ? »

— « Chez... chez personne. Nous arrivons de la gare. »

— « Vous ne connaissez personne à Marseille ? »

— « N... non. »

— « Et alors vous voulez embarquer ce soir ? »

Daniel fut sur le point de répondre non, et de déguerpir. Il bredouilla :

— « Oui, Monsieur. »

— « Eh bien, mes pigeons », ricana le bonhomme, « vous avez une fière chance de ne pas être tombés sur le vieux, parce qu'il n'aime pas la rigolade, lui, et qu'il vous aurait fait empoigner proprement et mener au commissariat, pour tirer tout ça au clair... Sans compter qu'avec ces loustics-là, c'est la seule chose à faire », cria-t-il brusquement en happant Daniel par la manche. « Hé, Charlot, tiens bon le petit, moi je... »

Jacques, qui avait vu le geste, fit un saut éperdu par-dessus des caisses, évita d'un coup de reins le bras tendu de Charlot, gagna en trois enjambées la passerelle, glissa comme un singe au milieu des porteurs, bondit sur le quai, et s'élança vers la gauche. Mais Daniel ? Il se retourna : Daniel s'échappait, lui aussi ! Jacques le vit à son tour bousculer la rangée des fourmis, dégringoler les échelles, sauter sur le quai et tourner à droite, tandis que le supposé capitaine, penché au gaillard d'arrière, les regardait détaler en riant. Alors Jacques reprit sa course ; ils se retrouveraient plus tard ; pour l'instant, se perdre dans la foule, s'éloigner le plus possible du port !

Un quart d'heure après, à bout de souffle,
seul dans la rue déserte d'un faubourg, il
s'arrêta. Il eût d'abord une mauvaise joie
en imaginant que Daniel avait pu être rat-
trapé ; c'eût été bien fait : n'était-ce pas
de sa faute si leur plan avait échoué ? Il le
haïssait et fut sur le point de gagner la
campagne, de fuir seul, sans plus s'occuper
de lui. Il acheta des cigarettes et se mit à
fumer. Pourtant, par un grand détour à
travers un quartier neuf, il finit par revenir
du côté du port. Le *La Fayette* était toujours
immobile. Il vit de loin que les trois étages
des ponts étaient chargés de figures serrées
les unes contre les autres ; le navire appa-
reillait. Il grinça des dents, et tourna les
talons.

Alors il se mit à la recherche de Daniel
pour passer sur quelqu'un sa colère. Il enfila
des rues, déboucha sur la Cannebière, se
glissa un instant dans la cohue, revint sur
ses pas. Une chaleur d'orage, suffocante,
pesait sur la ville. Jacques était baigné de
sueur. Comment rencontrer Daniel parmi
tous ces gens ? Son désir de retrouver son
camarade devenait de plus en plus impé-

6

rieux, à mesure qu'il désespérait d'y parvenir. Ses lèvres, desséchées par les cigarettes et la fièvre, étaient brûlantes. Sans plus craindre de se faire remarquer, sans s'inquiéter des grondements lointains du tonnerre, il se mit à courir, deci, delà ; et les yeux lui faisaient mal à force de chercher. L'aspect de la ville changea brusquement : la lumière sembla monter des pavés, et les façades se découpèrent en clair sur un ciel violacé ; l'orage approchait ; de larges gouttes de pluie commencèrent à étoiler le trottoir. Un coup de tonnerre, brutal, tout proche, le fit tressaillir. Il longeait des marches, sous un fronton à colonnes : le portail d'une église s'ouvrait devant lui. Il s'y engouffra.

Ses pas sonnèrent sous des voûtes ; un parfum connu vint à ses narines. Aussitôt il éprouva un soulagement, une sécurité : il n'était plus seul, la présence de Dieu l'environnait, l'abritait. Mais, au même instant, une nouvelle frayeur l'envahit : depuis son départ il n'avait pas une fois songé à Dieu ; et tout à coup il sentit planer sur lui le Regard invisible, qui pénètre et retourne les intentions les plus secrètes ! Il eut conscience d'être un grand coupable, dont la pré-

sence profanait le saint lieu, et que Dieu
pouvait foudroyer du haut du ciel. La pluie
ruisselait sur les toits ; de violents éclairs
illuminaient les vitraux de l'abside ; le tonnerre éclatait à coups répétés, et, comme s'il
cherchait un coupable, roulait autour de
l'enfant, dans l'ombre des voûtes. Agenouillé
sur un prie-dieu, Jacques se fit tout petit,
et courba la tête, et récita en hâte quelques
Pater, quelques *Ave*...

Enfin, les grondements s'espacèrent, une
lueur plus égale descendit des verrières,
l'orage s'éloigna ; le danger immédiat était
passé. Il eut le sentiment d'avoir triché,
et de ne pas avoir été pris. Il s'assit ; il
gardait au fond de lui le sentiment de sa
culpabilité ; mais la fierté maligne de s'être
soustrait à la justice, pour timide qu'elle
fût, n'était pas sans douceur. Le soir tombait. Qu'attendait-il là ? Apaisé, engourdi,
il fixait le lumignon vacillant du sanctuaire,
avec une vague impression d'insuffisance
et d'ennui, comme si l'église était désaffectée.
Un sacristain vint fermer les portes. Il
s'enfuit comme un voleur, sans un bout de
prière, sans une génuflexion : il savait bien
qu'il n'emportait pas le pardon de Dieu.

123

Un vent frais séchait les trottoirs. Les promeneurs étaient peu nombreux. Où pouvait être Daniel ? Jacques s'imagina qu'il lui était arrivé malheur ; ses yeux s'emplirent de larmes, qui brouillaient son chemin et qu'il refoulait en pressant le pas. S'il avait soudain vu Daniel traverser la chaussée et venir à lui, il se fût évanoui de tendresse.

Huit heures sonnèrent au clocher des Accoules. Les fenêtres s'allumaient. Il eut faim, acheta du pain, et continua à marcher devant lui, traînant son désespoir, et ne songeant même plus à examiner les passants.

Deux heures plus tard, rompu de fatigue, il aperçut un banc, sous des arbres, dans un bout d'avenue solitaire. Il s'assit. L'eau s'égouttait des platanes.

Une main rude lui secoua l'épaule. Avait-il dormi ? C'était un gardien de la paix : il crut mourir, ses jambes flageolèrent.

— « Rentre chez toi, et rapidement ! »

Jacques s'esquiva. Il ne pensait plus à Daniel, il ne pensait plus à rien ; ses pieds lui faisaient mal ; il évitait les sergents de ville. Il revint vers le port. Minuit sonna. Le vent était tombé ; des feux de couleurs,

par deux, se balançaient sur l'eau. Le quai
était désert. Il faillit heurter les jambes d'un
mendiant, qui ronflait, calé entre deux bal-
lots. Alors il eut, plus forte que ses craintes,
une envie irrésistible de s'étendre, tout de
suite, n'importe où, et de dormir. Il fit
quelques pas, souleva le coin d'une grande
bâche, trébucha parmi des caisses qui sentaient le bois mouillé, et tomba endormi.

Cependant Daniel errait à la recherche
de Jacques.

Il avait rôdé aux environs de la gare,
autour de l'hôtel où ils avaient couché, près
du bureau des Messageries : en vain. Il
redescendit aux quais. La place du *La Fayette*
était vide, le port inanimé : l'orage faisait
rentrer les flâneurs.

Tête basse, il revint en ville. L'averse lui
cinglait les épaules. Il acheta quelques pro-

visions pour Jacques et pour lui, et vint s'attabler au café où ils s'étaient arrêtés le matin. Une trombe d'eau s'abattait sur le quartier ; à toutes les fenêtres on relevait les stores ; les garçons de café, leur serviette sur la tête, roulaient les larges tentes des terrasses. Les trams à trolley filaient sans corner, jetant au ciel plombé les étincelles de leur antenne, et l'eau, semblable à des socs de charrue, giclait de chaque côté des rails. Daniel avait les pieds trempés et les tempes lourdes. Que devenait Jacques ? Il souffrait presque moins de l'avoir perdu, que d'imaginer l'angoisse, la détresse solitaire du petit. Il s'était persuadé qu'il allait le voir déboucher là, juste au coin de cette boulangerie, et il guettait ; il l'apercevait d'avance, dans son vêtement mouillé, traînant ses souliers dans les flaques, avec un visage pâli où les yeux allaient et venaient désespérément, Vingt fois, il fut sur le point de le héler : mais c'étaient des gamins inconnus qui entraient en courant chez le boulanger, et ressortaient un pain sous la veste.

Deux heures passèrent. Il ne pleuvait plus ; la nuit venait. Daniel n'osait partir : il lui semblait que Jacques allait surgir,

dès qu'il aurait quitté la place. Enfin il
reprit le chemin de la gare. La boule blanche
était allumée, au-dessus de la porte de leur
hôtel. Le quartier était mal éclairé ; se recon-
naîtraient-ils seulement, s'ils se croisaient
dans ce noir ? Une voix cria : « Maman ! »
Il vit un garçon de son âge traverser la rue
et rejoindre une dame, qui l'embrassa : ils
passèrent près de lui : la dame avait ouvert
son parapluie pour se protéger de l'eau des
toits ; son fils lui donnait le bras ; ils causaient et disparurent dans la nuit. Une loco-
motive siffla. Daniel n'eût pas la force de
résister à son chagrin.

Ah, qu'il avait eu tort de suivre Jacques !
Il le savait bien ; il n'avait cessé d'en avoir
conscience depuis le début, depuis ce rendez-
vous matinal au Luxembourg, où s'était
décidée leur folle équipée. Non, pas un instant, il n'avait pu se débarrasser de cette
certitude, que si, au lieu de fuir, il avait
couru tout expliquer à sa mère, loin de lui
faire des reproches, elle l'eût protégé contre
tous, et rien de mal ne fût arrivé. Pourquoi
avait-il cédé ? Il restait devant lui-même
comme devant une énigme.

Il se revit, le dimanche matin, dans le

vestibule. Jenny, l'entendant rentrer, était accourue. Sur le plateau, une ·enveloppe jaune, timbrée du lycée : son renvoi, sans doute ; il l'avait cachée sous le tapis de la table. Jenny, muette, fixait sur lui ses yeux pénétrants ; elle avait deviné qu'il se passait un drame, l'avait suivi dans sa chambre, l'avait vu prendre le portefeuille où il rangeait ses économies ; elle s'était jetée sur lui, elle l'avait serré des deux bras, l'embrassant, l'étouffant : — « Qu'est-ce qu'il y a ? Qu'est-ce que tu vas faire ? » Alors il avait avoué qu'il partait, qu'il était accusé faussement, une histoire de lycée, que les professeurs se liguaient tous contre lui, et qu'il fallait qu'il disparût quelques jours. Elle avait crié : — « Seul ? » — « Non, avec un camarade. » — « Qui ? » — « Thibault. » — « Emmène-moi !! » Il l'avait attirée contre lui, sur ses genoux, comme autrefois, et il lui avait répondu, à mi-voix : — « Et maman ? » Elle pleurait. Il lui avait dit : — « N'aies pas peur, et ne crois rien de ce qu'on te dira. Dans quelques jours, j'écrirai, je reviendrai. Mais jure-moi, jure-moi que tu ne diras jamais, ni à maman, ni à personne, jamais, jamais, que je suis rentré, que tu

m'as vu, que tu sais que je pars... » Elle
avait fait un brusque signe de tête. Puis il
avait voulu l'embrasser, mais elle s'était
sauvée dans sa chambre, avec un sanglot
rauque, un tel cri de désespoir, qu'il en avait
encore le déchirement dans l'oreille. Il pressa
le pas.

Comme il s'en allait devant lui, sans regarder son chemin, il se trouva bientôt à bonne
distance de Marseille, dans la banlieue. Le
pavé était gluant, les réverbères rares. De
chaque côté, dans l'ombre, s'ouvraient des
trous noirs, des accès de cours, des cor-
ridors fétides. La marmaille piaillait au fond
des logements. Un phonographe glapissait
dans un cabaret borgne. Il fit demi-tour et
marcha longtemps dans l'autre sens. Il
aperçut enfin le feu d'un disque : la gare
était proche. Il tombait de fatigue. Le
cadran lumineux marquait une heure. La
nuit serait longue encore : que faire ? Il
chercha un coin où reprendre haleine. Un
bec de gaz chantait à l'entrée d'une impasse
vide ; il franchit l'espace éclairé et se tapit
dans l'ombre ; le grand mur d'une usine
se dressait à sa gauche ; il y appuya le dos
et ferma les yeux.

Une voix de femme l'éveilla en sursaut.

— « Où habites-tu ? Tu ne vas pas coucher là, je pense ! »

Elle l'avait ramené dans la lumière. Il ne savait que dire.

— « Tu as eu des mots avec le père, je parie ? Tu n'oses plus rentrer chez toi ? »

La voix était douce. Il accepta le mensonge. Il avait retiré son chapeau et répondit poliment :

— « Oui, Madame. »

Elle se mit à rire.

— « Oui, Madame ! Eh bien, faut rentrer tout de même, vois-tu. J'ai connu ça avant toi. Puisqu'il faudra que tu rappliques un jour ou l'autre, à quoi bon attendre ? Plus que t'attends, plus que c'est vexatoire. » Et comme il se taisait : « T'as peur d'être battu ? » demanda-t-elle en baissant la voix, sur un ton intéressé, familier, complice.

Il ne répondit rien.

— « Phénomène ! » fit-elle. « Il est si obstiné qu'il aimerait mieux passer la nuit là ! Allons, viens chez moi, je n'ai personne, je te mettrai un matelas par terre. Je ne peux pourtant pas laisser un gosse dans la rue ! »

Elle n'avait pas l'air d'une voleuse ; et il éprouvait un immense soulagement à ne plus être seul. Il voulut dire : « Merci, Madame » ; mais il se tut et la suivit.

Bientôt, devant une porte basse, elle sonna. On n'ouvrit pas tout de suite. Le couloir sentait la lessive. Il buta contre des marches.

— « J'ai l'habitude », dit-elle, « donne la main. »

Celle de la dame était gantée et tiède. Il se laissa conduire. L'escalier aussi était tiède. Daniel était heureux de ne plus être dehors. Ils montèrent deux ou trois étages, puis elle tira sa clef, ouvrit une porte et alluma une lampe. Il aperçut une chambre en désordre, un lit défait. Il restait debout, clignant des yeux dans la lumière, épuisé, dormant presque. Sans même enlever son chapeau, elle avait tiré du lit un matelas qu'elle traînait dans l'autre pièce. Elle se retourna et se mit à rire :

— « Il tombe de sommeil... Allons, déchausse-toi, au moins ! »

Il obéit, les mains molles. Le projet de retourner, le lendemain matin, à cinq heures précises, à la buvette de la gare, avec l'espoir que Jacques aurait la même pensée, lui revenait comme une idée fixe. Il balbutia :

— « Faudra m'éveiller de bonne heure... »

— « Oui, oui... », fit-elle en riant.

Il sentit qu'elle l'aidait à retirer sa cravate, à se déshabiller. Il se laissa choir sur le matelas, et perdit conscience.

Lorsque Daniel ouvrit les yeux, il faisait jour. Il se croyait à Paris, dans sa chambre ; mais il fut saisi par la couleur de la lumière à travers les rideaux ; une voix jeune chantait : alors il se souvint.

La porte de la chambre voisine était ouverte : une petite fille, penchée sur la toilette, se lavait la figure a grande eau. Elle se retourna, le vit dressé sur un coude, et se mit à rire.

— « Ah, te voilà réveillé, ce n'est pas dommage... »

Était-ce la dame de la veille ? En chemise et en jupon court, les bras nus, les mollets nus, elle avait l'air d'une enfant. Il n'avait pas remarqué, sous le chapeau, qu'elle avait les cheveux coupés, des mèches brunes de gamin, rejetées en arrière à coups de brosse. Brusquement la pensée de Jacques l'atterra :

— « Ah, mon Dieu », fit-il, « moi qui voulais être de bonne heure à la buvette... »

Mais la chaleur des couvertures qu'elle avait roulées autour de lui, pendant son sommeil, l'engourdissait encore ; et puis, il n'osait pas se lever tant que la porte n'était pas fermée. A ce moment, elle entra, tenant une tasse fumante et un quignon de pain beurré.

— « Tiens ! Avale ça, et puis décampe : je ne tiens pas à avoir des histoires avec ton père, moi ! »

Il était gêné d'être vu ainsi, en chemise, le col ouvert ; gêné de la voir approcher, le cou nu, elle aussi, les épaules nues... Elle se pencha. Il prit la tasse en baissant les paupières, et se mit à manger, par contenance. Elle allait et venait d'une chambre à l'autre, traînant ses babouches et fredonnant. Il ne levait pas les yeux de sa tasse ; mais quand elle passait près de lui, il apercevait sans le vouloir, à sa hauteur, les jambes nues, grêles, veinées, et, glissant sur le parquet blond, les talons rougis qui n'étaient pas entrés dans les pantoufles. Le pain l'étranglait. Il était sans courage au seuil de cette journée grosse d'inconnu. Il songea que chez lui, à la table du petit déjeuner, sa chaise était vide.

Soudain le soleil emplit la pièce : la jeune femme venait de pousser les volets, et sa voix fraîche éclata dans la lumière comme un trille d'oiseau :

« *Ah, si l'amour prenait racine,*
J'en planterais dans mon-on jardin !... »

C'était trop. Ce rayon de soleil, et cette insouciance joyeuse, à l'instant même où il luttait contre son désespoir... Les larmes lui vinrent aux yeux.

— « Allons, dépêche ! » cria-t-elle gaîment, en enlevant la tasse vide.

Elle s'aperçut qu'il pleurait :

— « T'as du chagrin ? » fit-elle.

Elle avait la voix tendre d'une grande sœur ; il ne put retenir un sanglot. Elle s'assit sur le bord du matelas, passa le bras autour de son cou, et, maternellement, pour le consoler, — dernier argument de toutes les femmes, — elle prit sa tête et l'appuya contre sa poitrine. Il n'osa plus faire un mouvement ; il sentait, le long de son visage, à travers la chemise, le va-et-vient de la gorge et sa tiédeur. La respiration lui manqua.

— « Bêta ! » fit-elle, en se reculant, et cachant son buste avec son bras nu. « C'est de voir ça, qui te rend tout chose ? Voyez-vous ce vice, à son âge ! Quel âge as-tu ? »

Il mentit sans y songer, comme il faisait depuis deux jours :

— « Seize ans », balbutia-t-il.

Surprise, elle répéta :

— « Seize ans ? »

Elle avait pris sa main, et, distraitement, l'examinait ; elle écarta la manche et découvrit l'avant-bras.

— « C'est qu'il a la peau blanche comme une fille, ce môme-là », murmura-t-elle en souriant.

Elle avait soulevé le poignet de l'enfant, et le caressait avec sa joue inclinée ; elle cessa de sourire, respira plus fort et laissa retomber la main.

Avant qu'il eût compris, elle avait dégrafé son jupon :

— « Réchauffe-moi », souffla-t-elle en se coulant sous les couvertures.

LES THIBAULT

Jacques avait mal dormi sous sa bâche raidie par la pluie. Avant l'aube, il avait jailli de sa cachette, et s'était mis à déambuler dans le jour naissant. « Bien sûr », pensait-il, « si Daniel est libre, il aura l'idée de venir comme hier à la buvette de la gare. » Lui-même, il y fut bien avant cinq heures. Et à six heures, il ne se décidait pas à repartir.

Que penser ? Que faire ? Il se fit indiquer la prison. Le cœur chaviré, il osait à peine lever les yeux sur le portail clos :

MAISON D'ARRÊT.

C'était peut-être là que Daniel... Il contourna l'interminable mur, fit un détour afin d'apercevoir le haut des fenêtres barrées de fer ; et, pris de peur, il se sauva.

Toute la matinée, il battit la ville. Le soleil dardait ; les linges de couleurs, qui séchaient à toutes les fenêtres, pavoisaient les ruelles populeuses ; au seuil des portes, les commères causaient et riaient sur un diapason de dispute. Par instants, le spectacle de la rue, la liberté, l'aventure, soulevaient en lui une ivresse éphémère ; mais aussitôt il songeait à Daniel. Il tenait son flacon d'iode à pleine main, au fond de sa poche : s'il ne retrouvait pas Daniel avant ce soir, il se tuerait. Il en fit le serment, en élevant à demi la voix afin de se lier avec plus de force ; mais, en lui-même, il doutait un peu de son courage.

Ce fut seulement vers onze heures, en repassant pour la centième fois devant le café où, la veille, ils s'étaient fait indiquer le bureau des messageries, — ah ! il était là !

Jacques se précipita à travers tables et chaises. Daniel, plus maître de lui, s'était levé :

— « Chut... »

On les remarquait ; ils se tendirent la main. Daniel paya ; ils sortirent, et tournèrent dans la première rue qui s'offrit. Alors Jacques saisit le bras de son ami, s'accrochant à lui, l'étreignant ; et, tout à coup, il se mit à sangloter, le front contre son épaule. Daniel ne pleurait pas : il continuait à avancer, très pâle, son regard dur fixé loin en avant, serrant contre son côté la petite main de Jacques, et sa lèvre, relevée de biais sur les dents, tremblait.

Jacques raconta :

— « J'ai dormi comme un voleur sur le quai, sous une bâche ! Et toi ? »

Daniel se troubla. Il respectait trop son ami et leur amitié : pour la première fois, il lui fallait cacher quelque chose à Jacques, et quelque chose d'essentiel. L'énormité de ce secret, entre eux, l'étouffa. Il fut sur le point de s'abandonner, de tout dire ; mais non, il ne le pouvait pas. Il demeurait silencieux, hébété, sans pouvoir écarter l'obsession de tout ce qui avait eu lieu.

— « Et toi, où as-tu passé la nuit ? » répéta Jacques.

Daniel fit un geste vague :

— « Sur un banc, là-bas... Et puis, surtout, j'ai erré. »

Dès qu'ils eurent déjeuné, ils discutèrent. Rester à Marseille était une imprudence : leurs allées et venues ne tarderaient pas à devenir suspectes.

— « Alors ?... » dit Daniel, qui songeait au retour.

— « Alors », répliqua Jacques, « j'ai réfléchi : il faut aller jusqu'à Toulon ; c'est à vingt ou trente kilomètres d'ici, par là, à gauche, en suivant la côte. Nous irons à pied, comme des enfants qui se promènent. Et là-bas, il y a des tas de navires, nous trouverons bien le moyen d'embarquer. »

Tandis qu'il parlait, Daniel ne pouvait quitter des yeux le cher visage retrouvé, avec sa peau tachée de son, ses oreilles transparentes et son regard bleu, où passaient les visions des choses qu'il nommait : Toulon, les navires, l'horizon du large. Quel que fût son désir de partager la belle obstination de Jacques, son bon sens le rendait sceptique : il savait qu'ils n'embarqueraient pas ; mais, malgré tout, il n'en avait pas la certitude ; par instants même il espérait se tromper, et que la fantaisie donnerait un démenti au sens commun.

Ils achetèrent des vivres et se mirent en route. Deux filles les dévisagèrent en souriant. Daniel rougit : leurs jupes ne lui cachaient plus le mystère de leurs corps. Jacques sifflotait ; il n'avait rien remarqué.

Et Daniel se sentit désormais isolé par cette expérience qui lui troublait le sang : Jacques ne pouvait plus être complètement son ami : ce n'était qu'un enfant.

A travers des faubourgs, ils atteignirent enfin leur chemin, qui suivait, comme un trait de pastel rose, les sinuosités du rivage. Un air léger vint au-devant d'eux, savoureux, laissant un arrière-goût de sel. Ils marchaient au pas, dans la poussière blonde, les épaules cuisant au soleil. La proximité de la mer les enivra. Ils quittèrent le chemin pour courir vers elle, criant : « *Thalassa !* *Thalassa !* » levant déjà les mains pour les tremper dans l'eau bleue... Mais la mer ne se laissa pas saisir. Au point où ils l'abordèrent, le rivage ne s'inclinait pas vers l'eau par cette pente de sable fin que leur convoitise avait imaginée. Ils surplombaient une sorte de goulet profond, d'une largeur partout égale, où la mer s'engouffrait entre des rocs à pics. Au-dessous d'eux, un éboulis de quartiers rocheux s'avançait en brise-lames, comme une jetée édifiée par des Cyclopes ; et le flot qui heurtait ce bec de granit, fendu, brisé, impuissant, rampait sournoisement le long de ses flancs lisses, en bavant. Ils s'étaient pris la main, et, penchés ensemble, il s'oublaient à contempler l'eau houleuse qui miroitait sous le ciel. Dans leur exaltation silencieuse, il y avait un peu d'effroi.

— « Regarde », fit Daniel.

A quelques centaines de mètres, une barque blanche, incroyablement lumineuse, glissait sur l'indigo de la mer. La coque, au-dessous de la ligne de flottaison, était peinte en vert, d'un vert agressif de jeune pousse ; et les coups de rames projetaient l'embarcation en avant par une suite de rapides secousses, qui soulevaient la proue hors de l'eau, et découvraient à chaque bond l'éclat mouillé de la coque verte, subit comme une étincelle.

— « Ah, pouvoir décrire tout ça ! » murmura Jacques en froissant son carnet dans sa poche. « Mais, tu verras ! » s'écria-t-il en secouant les épaules, « l'Afrique, c'est encore plus beau ! Viens ! »

Et il s'élança à travers les rochers dans la direction de la route. Daniel courait près de lui ; il avait pour un instant le cœur délivré de son fardeau, allégé de tout regret, follement avide d'aventure.

LES THIBAULT

Ils parvinrent à un endroit où la route
montait et faisait un angle droit pour des-
servir une agglomération de maisons. Comme
ils allaient atteindre ce coude, un fracas
infernal les arrêta net : un enchevêtrement
de chevaux, de roues, de tonneaux, brinque-
ballant d'un côté à l'autre de la chaussée,
dévalait vers eux à une vitesse vertigineuse ;
et avant qu'ils eussent fait un mouvement
pour fuir, l'énorme masse vint s'écraser à
cinquante mètres d'eux, contre une grille
qui vola en éclats. La pente était très rapide :
un immense haquet, qui descendait à pleine
charge, n'avait pu être freiné à temps ; de
tout son poids, il avait entraîné les quatre
percherons qui le tiraient, et qui, bousculés,
se cabrant, s'empêtrant les uns dans les
autres, venaient de s'abattre pêle-mêle au
tournant, culbutant sur eux leur montagne
de tonneaux d'où giclait du vin. Des hommes,
affolés, gesticulants, couraient en criant
derrière cet amas de naseaux ensanglantés,
de croupes, de sabots, dont l'ensemble entier
palpitait dans la poussière. Soudain, aux
hennissements des bêtes, au tintamarre des
grelots, aux sourdes ruades contre la porte
de fer, au cliquetis des chaînes, aux vocifé-

142

rations des conducteurs, se mêla un râcle-
ment rauque qui domina tout le reste : le
râle du cheval de flèche, un cheval gris, que
tous les autres piétinaient, et qui, les pattes
prises sous lui, s'époumonnait, étranglé par
son harnais. Un homme, brandissant une
hache, se jeta dans la mêlée : on le vit tré-
bucher, tomber, se relever ; il tenait le cheval
gris par une oreille, et s'acharnait à coups
de hache contre le collier ; mais le collier
était de fer ; l'acier s'y ébréchait ; on vit
l'homme se dresser avec un visage de fou
et lancer la hache contre le mur, tandis que
le râle devenait un sifflement strident, de
plus en plus précipité, et qu'un flot de sang
jaillissait des naseaux.

Alors Jacques sentit que tout vacillait :
il tenta de se cramponner à la manche de
Daniel, mais ses doigts étaient raides, et
ses jambes amollies le laissaient glisser à
terre. Des gens l'entourèrent. On le con-
duisit dans un jardinet, on l'assit près d'une
pompe, au milieu des fleurs, on lui bassina
les tempes avec de l'eau fraîche. Daniel était
aussi pâle que lui.

Quand ils revinrent sur la route, tout le
village s'occupait des fûts. Les chevaux

étaient relevés. Sur quatre, trois étaient
blessés, dont deux, les pattes de devant brisées, étaient effondrés sur les genoux. Le
quatrième était mort : il gisait dans le fossé
où coulait le vin, sa tête grise collée contre
la terre, la langue hors de la bouche, les
yeux glauques à demi clos, et les jambes
repliées sous lui, comme s'il eût cherché, en
mourant, à se rendre aussi portatif que possible pour l'équarisseur. L'immobilité de
cette chair velue, souillée de sable, de sang
et de vin, contrastait avec le halètement
des trois autres, qui tremblaient sur place,
abandonnés au milieu du chemin.

Ils virent un des conducteurs s'approcher
du cadavre. Sur son visage hâlé, aux cheveux
collés par la sueur, une expression de colère,
annoblie par une sorte de gravité, témoignait
à quel point ce charretier ressentait profondément la catastrophe. Jacques ne pouvait
détacher les yeux de cet homme. Il le vit
mettre au coin des lèvres un mégot qu'il
tenait à la main, puis se pencher sur le
cheval gris, soulever la langue gonflée, déjà
noire de mouches, introduire l'index dans
la bouche et découvrir les dents jaunâtres ;
il resta quelques secondes courbé en deux,

palpant la gencive violacée ; enfin il se redressa, chercha un regard ami, rencontra
celui des enfants ; et, sans même essuyer ses
doigts salis d'écume où s'engluaient les
mouches, il reprit entre ses lèvres son bout
de cigarettes.

— « Ça n'a pas sept ans ! » fit-il en secouant les épaules. Il s'adressait à Jacques :
« La plus belle bête des quatre, la plus à
l'ouvrage ! Je donnerais deux de mes doigts,
tenez, ces deux-là, pour la ravoir. » Et
détournant la tête, il eut un sourire amer,
et cracha.

Ils repartirent ; sans entrain, oppressés.

— « Un mort, un vrai, un homme mort,
en as-tu déjà vu ? » demanda Jacques.

— « Non. »

— « Ah, mon vieux, c'est extraordi-
naire !... Moi, il y avait longtemps que ça
me trottait en tête. Un dimanche, à l'heure
du catéchisme, j'y ai couru... »

— « Où ça ? »

— « A la Morgue. »

— « Toi ? Seul ? »

— « Parfaitement. Ah, mon vieux, c'est
blême un mort, tu n'as pas idée ; c'est comme
en cire, en pâte à copier. Il y en avait deux.

L'un avait la figure toute tailladée. Mais l'autre, il était comme vivant, même que les paupières n'étaient pas fermées. Comme vivant », reprit-il, « et pourtant mort, ça ne faisait pas de doute, dès le premier coup d'œil, à cause de je ne sais quoi... Et pour le cheval, tu as vu, c'était la même chose... Ah, quand nous serons libres », conclut-il, « il faudra que je t'y mène, un dimanche, à la Morgue... »

Daniel n'écoutait plus. Ils venaient de passer sous le balcon d'une villa, où la main d'un enfant égrénait des gammes. Jenny... Il voyait devant lui le visage fin, le regard concentré de Jenny, lorsqu'elle avait crié : « Qu'est-ce que tu vas faire ? » et que les larmes étaient montées dans ses yeux gris largement ouverts.

— « Tu ne regrettes pas de ne pas avoir de sœur ? » fit-il au bout d'un instant.

— « Oh si ! Une sœur aînée, surtout. Car j'ai presque une petite sœur. » Daniel le regardait surpris ; il expliqua : « Mademoiselle élève à la maison une petite nièce à elle, une orpheline... Elle a dix ans... Gise... Elle s'appelle Gisèle, mais on dit Gise... Pour moi, c'est comme une petite sœur. »

146

Ses yeux se mouillèrent tout à coup. Il poursuivit, sans lier les idées : « Toi, tu es élevé
d'une autre manière. D'abord, tu es externe,
tu vis déjà comme Antoine, tu es presque
libre. C'est vrai que tu es raisonnable, toi »,
remarqua-t-il d'un ton mélancolique.

— « Et toi, non ? » fit Daniel avec sérieux.

— « Oh, moi », reprit Jacques en fronçant
les sourcils, « je sais bien que je suis insuppor-
table. Ça ne peut pas être autrement. Ainsi,
tiens, j'ai des colères, quelquefois, je ne
connais plus rien, je casse, je cogne, je crie
des horreurs, je serais capable de sauter
par la fenêtre ou d'assommer quelqu'un !
Je te dis ça pour que tu saches tout »,
ajouta-t-il. Et il était visible qu'il éprouvait
une sombre jouissance à s'accuser. « Je ne
sais pas si c'est de ma faute, ou quoi ? Il
me semble que si je vivais avec toi, je ne
serais plus le même. Mais ce n'est pas sûr...

« A la maison, quand je rentre le soir, si tu
savais comme ils sont ! » continua-t-il, après
une pause, en regardant au loin. « Papa
ne m'a jamais pris au sérieux. A l'École, les
abbés lui disent que je suis un monstre,
par lèche, pour avoir l'air de se donner
beaucoup de mal en élevant le fils de M. Thi-

balut, qui a le bras long à l'Archevêché, tu comprends ? Papa est bon, tu sais », affirma-t-il avec une animation soudaine, « très bon même, je t'assure. Mais je ne sais comment dire... Toujours ses œuvres, ses commissions, ses discours ; toujours la religion. Et Mademoiselle aussi : tout ce qui m'arrive de mal, c'est le bon Dieu qui me punit. Tu comprends ? Après le dîner, papa s'enferme dans son bureau, et Mademoiselle me fait réciter mes leçons, que je ne sais jamais, dans la chambre de Gise, pendant qu'elle couche la petite. Elle ne veut même pas que je reste dans ma chambre, seul ! Ils ont dévissé mon commutateur, crois-tu ? pour que je ne puisse pas toucher à l'électricité ! »

— « Mais ton frère ? » questionna Daniel.

— « Antoine, oui, c'est un chic type, mais il n'est jamais là, tu comprends ? Et puis, — il ne me l'a jamais dit, — mais je suppose que lui non plus, il n'y tient pas tant que ça, à la maison... Il était déjà grand quand maman est morte, puisqu'il a juste neuf ans de plus que moi ; alors Mademoiselle n'a jamais pu avoir beaucoup de crampon sur lui. Tandis que moi, elle m'a élevé, tu comprends ? »

Daniel se taisait.

— « Toi, ce n'est pas la même chose », répéta Jacques. « On sait te prendre, tu as été élevé d'une autre manière. C'est comme pour les livres : toi, on te laisse tout lire ; chez toi la bibliothèque est ouverte. Moi, on ne me donne jamais que les gros bouquins rouge et or, à images, genre Jules Verne, des imbécilités. Ils ne savent même pas que j'écris des vers. Ils en feraient toute une histoire, ils ne comprendraient pas. Peut-être même qu'ils me cafarderaient à la boîte, pour me faire surveiller de plus près... »

Il y eut un assez long silence. La route, s'écartant de la mer, montait vers un bocqueteau de chênes-lièges.

Tout à coup, Daniel se rapprocha de Jacques et lui toucha le bras.

— « Écoute », dit-il ; sa voix, qui muait, prit une sonorité basse, solennelle : « Je pense à l'avenir. Sait-on jamais ? Nous pouvons être séparés l'un de l'autre. Eh bien, il y a une chose que je voulais te demander depuis longtemps, comme un gage, comme le sceau éternel de notre amitié. Promets-moi de me dédier ton premier volume de vers... Oh, sans mettre de nom : simplement : *A mon ami.* — Tu veux ? »

— « Je te le jure », fit Jacques en se redressant. Et il se sentit grandir.

Arrivés au bois, ils firent halte sous les arbres. Au-dessus de Marseille, le couchant s'embrasait.

Jacques, 'qui se sentait les chevilles gonflées, retira ses bottines et s'étendit dans l'herbe. Daniel le regardait, sans penser à rien ; et tout à coup il détourna les yeux de ces petits pieds nus, dont les talons étaient rougis.

— « Tiens, un phare », fit Jacques en étendant le bras. Daniel tressaillit. Au loin, sur la côte, un scintillement intermittent piquait le fond soufré du ciel. Daniel ne répondit pas.

L'air avait fraîchi lorsqu'ils continuèrent leur voyage. Ils avaient projeté de coucher dehors, dans un buisson. Mais la nuit s'annonçait glacée.

Ils marchèrent une demi-heure sans échanger un mot, et débouchèrent enfin devant une auberge blanchie à neuf, dont on apercevait les gloriettes étagées sur la mer. La

salle, éclairée, semblait vide. Ils se consul-
tèrent. Une femme, les voyant hésiter sur
le seuil, ouvrit la porte. Elle souleva vers
eux son quinquet de verre, dont l'huile
brillait comme une topaze. Elle était petite,
âgée, et deux pendeloques d'or tombaient
des oreilles sur son cou de tortue.

— « Madame », dit Daniel, « auriez-vous
une chambre à deux lits pour cette nuit ? »
Et, avant qu'elle l'eût interrogé : « Nous
sommes deux frères, nous allons rejoindre
mon père à Toulon, mais nous sommes
partis trop tard de Marseille pour pouvoir
coucher à Toulon ce soir... »

— « Hé, je pense ! » dit la bonne femme
en riant. Elle avait le regard jeune, joyeux,
et agitait les mains en parlant. « De pied
jusqu'à Toulon ? Vous m'en narrez des
anecdotes ! Enfin, il n'importe ! Une chambre, oui, deux francs, payés de suite... »
Et comme Daniel tirait son portefeuille·:
« La soupe mijote : je vous en porte deux
platées ? » Ils acceptèrent.

La chambre était une soupente, et il n'y
avait qu'un seul lit dont les draps avaient
déjà servi. D'un commun accord, sans explication, ils se déchaussèrent vivement et se

glissèrent sous la couverture, tout habillés, dos à dos. Ils furent longs à s'endormir. La lune éclairait à plein la lucarne. Dans le grenier voisin des rats galopaient avec un bruit flasque. Jacques aperçut une affreuse araignée qui cheminait sur le mur blafard et s'évanouit dans l'ombre ; il se jura de veiller toute la nuit. Daniel, en pensée, renouvelait le péché de chair ; son imagination enrichissait déjà ses souvenirs ; il n'osait bouger, trempé de sueur, haletant de curiosité, de dégoût, de plaisir.

Le lendemain matin, — Jacques dormait encore, — Daniel allait se lever pour échapper à ses visions, lorsqu'il entendit un remue-ménage dans l'auberge. Il avait vécu toute la nuit dans une telle hantise de son aventure, que sa première pensée fût qu'on allait le traîner en justice pour sa débauche. En effet, la porte, qui n'avait plus de loquet, s'ouvrit : c'était un gendarme, qu'amenait la patronne. En entrant, il heurta son front contre le linteau et retira son képi.

— « Ils ont débarqué à la nuit venante, couverts de poussière », expliquait la vieille, riant toujours, et secouant les pendeloques de ses oreilles. « Regardez plutôt leurs bro-

dequins ! Ils m'ont narré des anecdotes de
loup-garou, qu'ils voulaient aller de pied
jusqu'à Toulon, que sais-je en outre ! Et
celui-là, le grand sacriste », fit-elle en avançant vers Daniel son bras où cliquetaient
des bracelets, « il m'a donné un billet de
cent francs pour payer les quatre francs
cinquante de la chambre et du souper. »

Le gendarme brossait son képi d'un air
désabusé.

— « Allons, debout ! » ronchonna-t-il, « et
donnez-moi vos noms, prénoms, et toute la
séquelle. »

Daniel hésitait. Mais Jacques avait sauté
du lit : en culotte et en chaussettes, dressé
comme un coq de combat, il paraissait résolu
à terrasser ce grand flandrin, et lui criait
au visage :

— « Maurice Legrand. Et lui, Georges.
C'est mon frère ! Notre père est à Toulon.
Vous ne nous empêcherez pas d'aller le
rejoindre, allez ! »

Quelques heures plus tard, ils faisaient
leur rentrée à Marseille, dans une charrette
au trot, flanqués de deux gendarmes et
d'un chenapan auquel on avait mis des

menottes. Le haut portail de la maison d'arrêt s'ouvrit, puis se referma lourdement.

— « Entrez ici », leur dit un gendarme, en ouvrant la porte d'une cellule. « Et retournez-moi vos poches. Donnez tout ça. On vous laisse ensemble jusqu'à la soupe, le temps de vérifier vos racontars. »

Mais bien avant l'heure du repas, un brigadier vint les chercher pour les conduire au bureau du lieutenant.

— « Inutile de nier, vous êtes pincés. On vous recherche depuis dimanche. Vous êtes de Paris : vous, le grand, vous vous appelez Fontanin ; et vous, Thibault. Des enfants de famille, courir les chemins comme de petits criminels ! »

Daniel avait pris une attitude ombrageuse; mais il éprouvait un soulagement profond. C'était fini ! Déjà sa mère le savait vivant, l'attendait. Il lui demanderait pardon ; et ce pardon effacerait tout, tout, même ce à quoi il pensait en ce moment avec horreur, et que jamais il ne pourrait confesser à personne.

Jacques serrait les dents, et, songeant à son flacon d'iode, à son poignard, il crispait désespérément les poings au fond de ses poches vidées. Vingt projets de vengeance et d'évasion s'échafaudaient dans sa tête. A ce moment, l'officier ajouta :

— « Vos pauvres parents sont dans le désespoir. »

Jacques lui jeta un regard terrible ; et soudain son visage se crispa, il fondit en larmes. Il apercevait son père, Mademoiselle, et la petite Gise... Son cœur débordait de tendresse et de remords.

— « Allez faire un somme », reprit le lieutenant. « Demain, on pourvoiera au nécessaire. J'attends les ordres. »

VIII

Depuis deux jours, Jenny somnole, très affaiblie mais sans fièvre. Mme de Fontanin, debout contre la croisée, guette les bruits de l'avenue : Antoine est allé chercher les deux fugitifs à Marseille ; il doit les ramener ce soir ; neuf heures viennent de sonner ; ils devraient être là.

Elle tressaille : une voiture ne s'est-elle pas arrêtée devant la maison ?

Déjà elle est sur le palier, les mains à la rampe. La chienne s'est précipitée et jappe pour fêter l'enfant. Mme de Fontanin se penche : et soudain, en raccourci, le voilà ! C'est son chapeau, dont les bords cachent la figure, c'est le mouvement de ses épaules dans son vêtement. Il marche le premier, suivi d'Antoine, qui tient son frère par la main.

Daniel lève les yeux et aperçoit sa mère ; la lampe du palier, qui est au-dessus d'elle,

lui fait les cheveux blancs et plonge son
visage dans l'ombre ; mais il a revu tous
ses traits. Il baisse la tête et continue à
monter, devinant qu'elle descend vers lui ;
il ne parvient plus à soulever les jambes ;
et tandis qu'il se découvre, n'osant relever
la tête, ne respirant plus, il se trouve contre
elle, le front sur sa poitrine. Mais son cœur
est douloureux, presque sans joie : il a tant
espéré cette minute, qu'il y est insensible ;
et quand il s'écarte enfin, il n'y a pas une
larme sur sa figure humiliée. C'est Jacques
qui, s'adossant au mur de l'escalier, éclate
en sanglots.

Mme de Fontanin tient à deux mains le
visage de son fils et l'attire vers ses lèvres.
Pas un reproche : un long baiser. Mais
toute l'angoisse de la terrible semaine fait
trembler sa voix, lorsqu'elle demande à
Antoine :

— « Ont-ils seulement dîné, ces pauvres
enfants ? »

Daniel murmure :

— « Jenny ? »

— « Elle est sauvée, elle est dans son
lit, tu vas la voir, elle t'attend... » Et
comme Daniel se dégage et s'élance dans

l'appartement : « Doucement, mon petit, prends garde, elle a été bien malade, tu sais... »

Jacques, à travers ses larmes vite séchées, ne peut se retenir de jeter autour de lui un coup d'œil curieux : ainsi, voilà la maison de Daniel, voilà l'escalier qu'il grimpe chaque jour en revenant du lycée, le vestibule qu'il traverse ; et voilà celle dont il dit *maman*, avec cette étrange caresse de la voix ?

— « Et vous, Jacques », demande-t-elle, « voulez-vous m'embrasser ? »

— « Réponds donc ! » dit Antoine, souriant.

Il le pousse. Elle ouvre à demi les bras ; Jacques s'y glisse, et son front se pose là où Daniel vient si longtemps de laisser le sien. Mme de Fontanin, pensive, effleure des doigts la petite tête rousse, et tourne vers le grand frère son visage qui voudrait sourire ; puis, comme Antoine, resté sur le seuil, semble pressé de repartir, par-dessus l'enfant qui se cramponne, elle lui tend ses deux mains à la fois, d'un geste conscient et plein de gratitude :

— « Allez, mes amis, votre père lui aussi vous attend. »

La porte de Jenny était ouverte.

Daniel, un genou plié, la tête sur les draps, avait mis ses lèvres sur les mains de sa sœur, qu'il tenait réunies dans les siennes. Jenny avait pleuré ; ses bras tendus tiraient de biais le buste hors des oreillers ; l'effort se lisait sur ses traits, où l'amaigrissement n'avait laissé d'expression qu'aux yeux : regard encore maladif, toujours un peu dur et volontaire, regard de femme déjà, énigmatique, et qui semblait avoir pour longtemps perdu sa jeunesse et sa sérénité.

Mme de Fontanin s'approcha ; elle faillit se pencher, serrer les deux enfants dans ses bras ; mais il ne fallait pas fatiguer Jenny ; elle obligea Daniel à se relever, à l'accompagner dans sa chambre.

La pièce était gaîment éclairée. Devant la cheminée, Mme de Fontanin avait préparé la table à thé : des tartines grillées, du beurre, du miel, et, bien au chaud sous une serviette, des châtaignes bouillies, comme Daniel les aimait. Le samovar ronronnait ; la chambre était tiède, l'atmosphère douceâtre : Daniel pensa se trouver mal. De la main, il refusa l'assiette que sa mère lui tendait. Mais elle eut l'air si déçue !

— « Quoi donc, mon petit ? Tu ne vas pas me priver d'une bonne tasse de thé, ce soir, avec toi ? »

Daniel la regarda. Qu'avait-elle donc de changé ? Pourtant elle buvait, comme toujours, son thé brûlant, à petites gorgées, et ce visage à contre-jour, souriant dans la buée du thé, était bien, un peu plus fatigué sans doute, le visage de toujours ! Ah, ce sourire, ce long regard... Il ne put supporter tant de douceur : il baissa la tête, saisit une rôtie, et, par contenance, fit mine d'y mordre. Elle sourit davantage ; elle était heureuse et ne disait rien ; elle dépensait le trop-plein de sa tendresse à flatter le front de la chienne, blottie au creux de sa robe.

Il reposa le pain. Les yeux toujours à terre, il dit, en pâlissant :

— « Et au lycée, qu'est-ce qu'ils t'ont raconté ? »

— « Je leur ai dit que ce n'était pas vrai ! »

Le front de Daniel se détendit enfin ; levant les yeux, il rencontra le regard de sa mère : regard confiant, certes, mais qui interrogeait malgré tout, qui souhaitait d'être

confirmé dans sa confiance ; et le regard
de Daniel répondit à cette question muette
de la manière la plus indubitable. Alors elle
s'approcha, radieuse, et, très bas :

— « Pourquoi, pourquoi n'es-tu pas venu
me conter tout, mon grand, au lieu de... »
Mais elle se dressa, sans achever : un trous-
seau de clefs avait tinté dans l'antichambre.
Elle restait immobile, tournée vers la porte
entrebâillée. La chienne, remuant la queue,
se glissa sans aboyer au-devant du visiteur
ami.

Jérôme parut.

Il souriait.

Il était sans pardessus ni chapeau ; il avait
un air si naturel qu'on eut juré qu'il habitait
là, qu'il sortait de sa chambre. Il jeta un
coup d'œil vers Daniel, mais se dirigea vers
sa femme et baisa la main qu'elle lui laissa
prendre. Un parfum de vervcine, de citronelle, flottait autour de lui.

— « Amie, me voilà ! Que s'est-il passé ?
Je suis désolé, vraiment... »

Daniel s'approchait de lui avec un visage

joyeux. Il s'était habitué à aimer son père, bien que, dans sa petite enfance, il eut long-temps manifesté pour sa mère une tendresse exclusive, jalouse ; et maintenant encore, il acceptait, avec une inconsciente satisfac-tion, que son père fût sans cesse absent de leur intimité.

— « Alors, tu es ici, toi, qu'est-ce qu'on m'a raconté ? » fit Jérôme. Il tenait son fils par le menton et le regardait en fronçant les sourcils ; puis il l'embrassa.

Mme de Fontanin était demeurée debout. « Lorsqu'il reviendra », s'était-elle dit, « je le chasserai. » Son ressentiment n'avait pas fléchi, ni sa résolution ; mais il l'avait prise à l'improviste et il s'était imposé avec une si déconcertante désinvolture ! Elle ne pou-vait détacher de lui ses yeux ; elle ne s'avouait pas combien elle était bouleversée par sa présence, combien elle était sensible encore au charme câlin de son regard, de son sou-rire, de ses gestes : il était l'homme de sa vie. Une pensée d'argent lui était venue, et elle s'y accrochait pour excuser la pas-sivité de son attitude : elle avait entamé le matin même ses dernières économies ; elle ne pouvait plus attendre ; Jérôme le savait, et sans doute il lui apportait l'argent du mois.

Daniel, ne sachant trop que répondre, s'était tourné vers sa mère : et il surprit alors sur le pur visage maternel, il n'eut pas su dire quoi, quelque chose de si particulier, de si intime, qu'il détourna la tête avec un sentiment de pudeur. Il avait perdu à Marseille jusqu'à l'innocence du regard.

— « Faut-il le gronder, Amie ? » disait Jérôme, avec un glissant sourire qui faisait luire ses dents.

Elle ne répondit pas tout de suite. Elle lui jeta enfin, sur un ton où perçait comme un désir de vengeance :

— « Jenny a été tout près de mourir. »

Il lâcha son fils et fit un pas vers elle, le visage tellement alarmé qu'elle eut aussitôt consenti à tout pardonner afin d'effacer ce mal qu'elle avait d'abord souhaité lui faire.

— « Elle est sauvée », cria-t-elle, « rassurez-vous. »

Elle se contraignait à sourire afin de le tranquilliser plus vite : et ce sourire, en fait, était une capitulation momentanée. Elle en eut conscience. Tout conspirait contre sa dignité.

— « Allez la voir », ajouta-t-elle, remarquant que les mains de Jérôme tremblaient. « Mais ne l'éveillez pas. »

Quelques minutes s'écoulèrent. Mme de Fontanin s'était assise. Jérôme revint sur la pointe des pieds et ferma soigneusement la porte. Son visage rayonnait de tendresse, mais l'angoisse était dissipée ; il riait de nouveau et clignait des yeux :

— « Si vous la voyiez dormir ! Elle a glissé de côté, la joue sur la main. » Ses doigts modelaient dans l'air la forme gracieuse de l'enfant assoupie. « Elle a maigri, mais c'est presque tant mieux, elle n'en est que plus jolie, ne trouvez-vous pas ? »

Elle ne répondit rien. Il la regardait, hésitant, puis il s'écria :

— « Mais, Thérèse. vous êtes devenue toute blanche ? »

Elle se leva et courut presque à la cheminée. C'était vrai : deux jours avaient suffi pour que ses cheveux, argentés déjà mais encore blonds, eussent tout à fait blanchi sur les tempes et autour du front. Daniel comprit enfin ce qui, depuis son arrivée, lui semblait différent, inexplicable. Mme de Fontanin s'examinait, ne sachant que penser.

ne pouvant se défendre d'un regret ; et,
dans la glace, elle aperçut Jérôme, qui était
derrière elle : il lui souriait, et, sans qu'elle
y prit garde, ce sourire la consola. Il avait
l'air amusé ; il frôla du doigt une mèche
décolorée qui flottait dans la lumière :

— « Rien ne pouvait vous aller si bien,
Amie ; rien ne pouvait accuser mieux —
comment dire ? la jeunesse de votre regard. »

Elle dit, comme pour s'excuser, mais
surtout pour masquer un secret plaisir :

— « Ah, Jérôme, j'ai passé des jours et
des nuits atroces. Mercredi on avait tout
tenté, on n'osait plus espérer... J'étais toute
seule ! J'ai eu si peur ! »

— « Pauvre Amie », s'écria-t-il avec élan.
« Je suis désolé, j'aurais si facilement pu
revenir ! J'étais à Lyon pour l'affaire que
vous savez », reprit-il, et avec tant d'assurance qu'elle se prit à chercher un instant
dans sa mémoire. « J'avais tout de bon
oublié que vous n'aviez pas mon adresse.
D'ailleurs, je n'étais parti que pour vingt-
quatre heures : j'ai même perdu le bénéfice
de mon billet de retour. »

A ce moment il se souvint que depuis
longtemps il n'avait pas remis d'argent à

Thérèse. Il ne pouvait rien toucher avant trois semaines. Il fit le compte de ce qu'il avait en poche, et ne put retenir une grimace ; mais il l'interpréta aussitôt :

— « Tout cela, pour pas grand'chose, aucun marché sérieux n'est conclu. J'ai espéré jusqu'au dernier jour, et je reviens bredouille. Ces gros banquiers lyonnais sont si tristes en affaires, si méfiants ! » Et il se lança dans un récit de son voyage. Il inventait d'abondance, sans le moindre trouble, avec un amusement de conteur.

Daniel l'écoutait : pour la première fois, devant son père, il éprouvait une sorte de honte. Puis, sans raison, sans aucune apparence de lien, il songea à cet homme dont lui avait parlé la femme de là-bas, son « vieux » disait-elle, un homme marié, un homme dans les affaires, qui venait toujours l'après-midi, expliquait-elle, parce qu'il ne sortait jamais le soir « sans sa vraie femme. » Et le visage de sa mère, qui écoutait, elle aussi, lui parut, à cette minute, indéchiffrable. Leurs regards se croisèrent. Que lut la mère dans les yeux de son fils ? Perçut-elle plus avant parmi des pensées que Daniel ne formulait pas lui-même ? Elle dit, avec une précipitation un peu mécontente :

— « Allons, va te coucher, mon petit ;
tu es brisé de fatigue. »

Il obéit. Mais à l'instant où il se courbait
pour l'embrasser, il eut la vision de la pauvre
femme, abandonnée par tous tandis que
Jenny se mourait. Par sa faute ! Sa tendresse s'accrut de tout le mal qu'il lui avait
fait. Il l'étreignit, et murmura enfin à son
oreille :

— « Pardon. »

Elle attendait ce mot depuis son retour ;
mais elle n'en éprouva pas le bonheur
qu'elle eût goûté s'il l'eût prononcé plus
tôt. Daniel le sentit, et en voulut à son père.
Mme de Fontanin, elle aussi, en eut conscience ; mais c'est à son fils qu'elle en voulut,
de ne pas avoir parlé tandis qu'elle était
encore à lui seul.

Moitié par gaminerie, moitié par gour-
mandise, Jérôme s'était avancé jusqu'au
plateau et l'inventoriait avec une moue
comique.

— « Pour qui donc, toutes ces chatte-
ries ? »

Sa façon de rire était assez factice : il rejetait la tête en arrière, ce qui coulait les prunelles dans le coin des yeux, et il égrenait l'un après l'autre trois « ah », un peu forcés : « Ah ! ah ! ah ! »

Il avait traîné un tabouret près de la table et s'emparait déjà de la théière.

— « Ne buvez pas ce thé qui est tiède », dit Mme de Fontanin, en rallumant le samovar. Et comme il protestait : « Laissez-moi faire », dit-elle sans sourire.

Ils étaient seuls. Pour surveiller la bouilloire, elle s'était approchée, et respirait cette senteur acidulée de lavande, de verveine, qui montait de lui. Il leva la tête vers elle, souriant à demi, et son expression était tendre, repentante : il tenait sa tartine à la main, comme un écolier, et, du bras libre, il entoura la taille de sa femme, avec un sans-gêne qui confessait une longue expérience amoureuse. Mme de Fontanin se dégagea brusquement ; elle avait peur de sa faiblesse. Dès qu'il eut retiré son bras, elle revint achever le thé, puis s'éloigna de nouveau.

Elle restait digne et triste ; devant une telle inconscience, le plus âpre de sa rancune avait cédé. Elle l'examinait, à la dérobée, dans la glace. Son teint ambré, ses yeux en amande, la cambrure de sa taille, et jusqu'à la recherche un peu exotique de sa mise, donnaient à sa nonchalance quelque chose d'oriental. Elle se souvint qu'au temps des fiançailles elle avait écrit dans son journal : « Mon bien-aimé est beau comme un prince hindoué ». Elle le regardait, et c'était toujours avec les yeux d'autrefois. Il s'était assis de biais sur le siège trop bas, et allongeait les jambes vers le feu. Du bout de ses doigts aux ongles polis, il bourrait l'une après l'autre ses rôties, les dorait de miel, et penchant le buste au-dessus de l'assiette, mordait dans le pain à belles dents. Lors· qu'il eût fini, il but son thé d'un trait, se releva avec une souplesse de danseur, et vint s'allonger dans un fauteuil. L'on eût dit que rien ne s'était passé, qu'il vivait là comme autrefois. Il caressait Puce qui avait sauté sur ses genoux. Son annulaire gauche portait une large sardoine héritée de sa mère, un camée ancien où la silhouette laiteuse d'un Ganymède s'enlevait sur un noir profond ; l'usage avait aminci l'anneau, et la bague, à chaque déplacement de la main, glissait d'un bout à l'autre de la phalange. Elle épiait tout ses gestes.

— « Vous permettez que j'allume une cigarette, Amie ? »

Il était incorrigible et délicieux. Il avait une manière à lui de prononcer ce mot *Amie*, en laissant l'*e* final mourir au bord des lèvres, comme un baiser. L'étui d'argent brilla entre ses doigts ; elle reconnut son claquement sec, et ce tic qu'il avait de tapoter la cigarette sur le dos de sa main avant de la glisser sous la moustache. Et comme elle connaissait aussi les longues mains veinées, dont l'allumette fit soudain deux coquillages transparents, couleur de flamme !

Elle s'efforça de ranger la table à thé, calmement. Cette semaine l'avait brisée, et elle s'en apercevait à l'instant même où elle avait besoin de tout son courage. Elle s'assit. Elle ne savait plus que penser, elle entendait mal l'injonction de l'Esprit. Dieu ne l'avait-il pas placée auprès de ce pécheur, qui jusque dans ses déréglements demeurait accessible à la bonté, pour qu'elle pût l'assister quelque jour dans son acheminement vers le Bien ? Non : le devoir immédiat était de préserver le foyer, les enfants. Sa pensée se redressait peu à peu. Ce fut un réconfort pour elle de se sentir plus ferme qu'elle n'avait cru. Le jugement qu'elle avait rendu, Jérôme absent, au fond de sa conscience éclairée par la prière, restait irrévocable.

Jérôme la considérait depuis un moment avec une inattention songeuse ; puis son regard prit une expression d'intense sincérité. Elle connaissait ce sourire en suspens, cet œil circonspect ; elle eut peur ; car s'il était vrai qu'elle déchiffrât à tout instant, presque malgré elle, la signification de ce visage capricieux, cependant, toujours, son intuition finissait par heurter un certain point limite, au delà duquel sa perspicacité s'enlisait en des sables mouvants ; et souvent elle s'était demandé : « Au fond de lui-même, qu'est-il ? »

— « Oui, je comprends bien », commença Jérôme, avec une pointe de mélancolie cavalière. « Vous me jugez sévèrement, Thérèse. Oh, je vous comprends, je vous comprends trop bien. S'il s'agissait d'un autre que moi, je le jugerais comme vous faites, je penserais : C'est un misérable. Oui, un misérable, — ayons au moins le courage des mots. Ah, comment vous expliquer tout cela ? »

— « A quoi bon, à quoi bon... », interrompit la pauvre femme ; et sa figure, qui
ne savait pas feindre, suppliait.

Il s'était renversé au fond du fauteuil et
fumait ; le croisement des jambes décou-
vrait jusqu'à la cheville son pied qu'il balan-
çait indolemment.

— « Rassurez-vous, je ne discuterai pas.
Les faits sont là, ils me condamnent. Et
pourtant, Thérèse, il existe peut-être de
tout cela d'autres explications que celles
qui sautent aux yeux. » Il sourit tristement.
Il aimait à ratiociner sur ses fautes et invo-
quer des arguments d'ordre moral ; peut-
être satisfaisait-il ainsi ce qui subsistait en
lui de protestantisme. « Souvent », reprit-il,
« une action mauvaise a d'autres mobiles
que des mobiles mauvais. On paraît chercher
la satisfaction brutale d'un instinct ; et, en
réalité, quelquefois, souvent même, on cède
à un sentiment qui est bon en soi, — comme
la pitié, par exemple. Ainsi l'on fait souffrir
un être qu'on aime, et quelquefois c'est
parce que l'on a pitié d'un autre être, dis-
gracié, de condition inférieure, qu'un peu
d'attention suffirait sans doute à sauver... »

Elle aperçut, sur le quai, cette petite

ouvrière qui sanglotait. D'autres souvenirs s'évoquèrent, Mariette, Noémie... Elle avait l'œil fixé sur le va-et-vient du soulier verni, où s'allumait et s'éteignait tour à tour le reflet de la lampe. Elle se rappela, jeune mariée, ces dîners d'affaires, imprévus et urgents, dont il revenait au petit jour, pour s'enfermer dans sa chambre et dormir jusqu'au soir. Toutes les lettres anonymes qu'elle avait parcourues, puis déchirées, brûlées, piétinées, sans parvenir à atténuer la virulence du venin ! Elle avait vu Jérôme débaucher ses bonnes, une à une enjôler ses amies. Il avait fait le vide autour d'elle. Elle se souvint des reproches qu'au début elle avait hasardés, des scènes prudentes où elle parlait avec loyauté, avec indulgence, ne trouvant devant elle qu'un être dominé par ses caprices, fermé, fuyant, qui niait l'évidence avec une indignation puritaine, puis tout aussitôt, comme un gamin, jurait en souriant qu'il ne recommencerait plus.

— « Ainsi, voyez », poursuivit-il : « je me conduis mal avec vous, je... Si, si ! n'ayons pas peur des mots. Et pourtant je vous aime, Thérèse, de toute mon âme, et je vous respecte, et je vous plains ; et rien

173

autre, jamais, j'en fais le serment, pas une seule fois, pas une minute, rien n'a été comparable à cet amour-là, le seul enraciné au fond de moi !

« Ah, ma vie est laide, je ne la défends pas, j'en ai honte. Mais vraiment, Amie, croyez-moi, vous commettriez une injustice, vous si pleine d'équité, en me jugeant seulement sur ce que je fais. Je... Je ne suis pas exactement l'homme de mes fautes. Je m'explique mal, je sens que vous ne m'entendez pas... Tout cela est mille fois plus compliqué encore que je ne peux le dire, et je ne parviens à l'entrevoir moi-même que par étincelles... »

Il se tut, la nuque courbée, les yeux au loin, comme s'il était épuisé par ce vain effort pour atteindre un instant la vérité intime de sa vie. Puis il releva la tête, et Mme de Fontanin sentit passer sur son visage le regard frôleur de Jérôme, si léger en apparence, mais qui possédait la vertu d'accrocher au passage les regards d'autrui, de les happer, pour ainsi dire, et de les tenir un moment englués, avant qu'ils pussent se détacher de lui : à la façon dont l'aimant attire, soulève et relâche un fer trop lourd.

Une fois encore, leurs yeux se prirent et se quittèrent. « Toi aussi », pensa-t-elle, « ne serais-tu pas meilleur que ta vie ? »

Cependant elle haussa les épaules.

— « Vous ne me croyez pas », murmura-t-il.

Elle s'appliqua à prendre un accent détaché :

— « Oh, je veux bien vous croire, je vous ai si souvent cru, déjà ; mais cela n'a guère d'importance. Coupable ou non, responsable ou non, Jérôme, le mal a été fait, le mal se fait tous les jours, le mal se fera encore, — et cela ne doit pas durer.

« Séparons-nous définitivement. »

Elle y avait tant songé depuis quatre jours, qu'elle accentua ces mots avec une sécheresse à laquelle Jérôme ne se méprit pas. Elle vit sa stupéfaction, sa douleur, et se hâta de poursuivre :

— « Il y a les enfants, aujourd'hui. Tant qu'ils étaient petits, ils ne comprenaient pas, j'étais seule à... » Mais au moment de prononcer le mot « souffrir », une pudeur la retint. « Le mal que vous m'avez fait, Jérôme, il ne m'atteint plus, moi seule, dans mon... affection : il entre ici avec vous,

175

il est dans l'air de notre maison, il est dans l'air que respirent mes enfants. Je ne le supporterai pas. Voyez ce qu'a fait Daniel cette semaine. Dieu lui pardonne, comme je lui ai pardonné, la blessure qu'il m'a faite ! Il la regrette, dans son cœur resté droit », — et son regard eut une lueur de fierté, presque de défi ; — « mais je suis sûre que votre exemple l'a aidé à faire le mal. Serait-il parti aussi facilement, sans souci de mon inquiétude, s'il ne vous voyait pas disparaître sans cesse... pour vos affaires ? » Elle se leva, fit un pas hésitant vers la cheminée, aperçut ses cheveux blancs, et, se penchant un peu dans la direction de son mari, sans toutefois le regarder : « J'ai bien réfléchi, Jérôme. J'ai beaucoup souffert cette semaine, j'ai prié, j'ai réfléchi. Je ne songe même pas à vous faire un reproche. D'ailleurs, ce soir, je n'en aurais pas la force, je suis exténuée. Je vous demande seulement de regarder la réalité en face : vous reconnaîtrez que j'ai raison, qu'il n'y a pas d'autre solution possible. La vie commune... », — elle se reprit, — «... ce qui nous reste de vie commune, ce peu qui nous reste, Jérôme, c'est trop encore. » Elle se raidit, posa ses

deux mains sur le marbre, et, ponctuant
chaque mot d'un mouvement du buste et
des mains, elle articula : « Je — n'en —
veux — plus. »

Jérôme ne répondit pas ; mais avant
qu'elle eût pu s'écarter, il avait glissé à ses
pieds et posé la joue contre sa hanche,
comme un enfant qui veut forcer le pardon.
Il balbutia :

— « Est-ce que je pourrais me séparer
de toi ? Est-ce que je pourrais vivre sans
mes petits ? Je me brûlerais la cervelle ! »

Elle eut presque envie de sourire, tant il
mit de puérilité dans le simulacre qu'il fit
vers sa tempe. Il avait pris le poignet de
Thérèse, qui pendait le long de sa jupe, et
le couvrait de baisers. Elle dégagea sa main,
et lui caressa le front du bout des doigts,
d'un mouvement inattentif et las, qui semblait maternel, qui prouvait son irrémédiable
détachement. Il s'y trompa et redressa la
tête ; mais il comprit à l'examen de son
visage combien il se leurrait. Elle s'était
éloignée aussitôt. Elle tendit le bras vers
une pendulette de voyage qui était sur la
table de nuit :

— « Deux heures ! » fit-elle, « Il est

177

affreusement tard. Je vous en prie... Demain. »

Il jeta les yeux sur le cadran, de là sur le grand lit préparé où gisait l'oreiller solitaire.

C'est à ce moment qu'elle ajouta :

— « Vous allez avoir de la peine à trouver une voiture. »

Il eut un geste vague, étonné ; il n'avait jamais eu le dessein de ressortir ce soir. N'était-il pas chez lui ? Sa chambre, toujours prête, l'attendait ; il n'avait qu'à traverser le couloir. Combien de fois était-il rentré, en pleine nuit, après quatre, cinq, six jours d'absence ? Et on le voyait apparaître au petit déjeuner, en pyjama, rasé de frais, plaisantant et riant haut pour vaincre chez ses enfants cette silencieuse défiance qu'il ne s'expliquait pas. Mme de Fontanin savait tout cela, et elle venait de suivre sur ses traits la courbe de sa pensée ; mais elle ne transigea pas et ouvrit la porte qui donnait sur le vestibule. Il passa, assez penaud dans le fond, mais gardant l'allure d'un ami qui prend congé.

Tandis qu'il endossait son pardessus, il songea qu'elle était sans argent. Il eut fait, sans hésiter, l'abandon des quelques billets

qui lui restaient en poche, bien qu'il n'eût
aucun moyen de se procurer d'autres sub-
sides ; mais la pensée que cette diversion
pût modifier quelque chose à son départ,
qu'après avoir reçu cet argent elle n'eût
peut-être plus pris la liberté de l'éconduire
si fermement, cette pensée le froissa dans
sa délicatesse ; et, plus encore, la crainte
que Thérèse pût y soupçonner un calcul. Il
dit seulement :

— « Amie, j'ai bien des choses à vous dire
encore... »

A quoi elle répondit, vite, songeant à
sa décision de rompre, puis aussi à la somme
attendue :

— « Demain, Jérôme. Je vous recevrai
demain, si vous venez. Nous causerons. »

Il prit alors le parti de s'en aller galam-
ment, saisit le bout de ses doigts et y apposa
les lèvres. Il y eut entre eux une seconde
d'indécision. Mais elle retira sa main et
ouvrit la porte du palier.

— « Eh bien, au revoir, Amie... A demain. »

Elle l'aperçut une dernière fois, le chapeau
levé, descendant les premières marches, la
tête inclinée vers elle, souriant.

La porte retomba. Mme de Fontanin restait seule. Son front s'appuya au chambranle ; le coup sourd de la porte cochère fit frémir jusqu'à sa joue la maison endormie. Devant elle un gant clair était tombé sur le tapis. Sans réfléchir, elle s'en saisit, le pressa sur sa bouche, le respira, cherchant à travers ce relent de cuir et de fumée, un parfum plus subtil qu'elle connaissait bien. Puis, apercevant son geste dans la glace, elle rougit, laissa retomber le gant, tourna brutalement le commutateur, et, délivrée d'elle-même par les ténèbres, à tâtons, elle courut jusqu'aux chambres des enfants, pour écouter un long moment leurs respirations endormies.

IX

Antoine et Jacques étaient remontés dans leur fiacre. Le cheval n'avançait guère et semblait avec ses sabots jouer des castagnettes sur le macadam. Les rues étaient sombres. Une odeur de drap moisi s'évaporait dans l'obscurité de la guimbarde. Jacques pleurait. La fatigue, sans doute aussi l'accolade de cette dame au sourire maternel, le livraient enfin au remords : qu'allait-il répondre à son père ? Il se sentit défaillir ; et, se trahissant, vint appuyer sa détresse à l'épaule du frère, qui l'entoura de son bras. C'était la première fois que leurs timidités ne s'interposaient plus entre eux.

Antoine voulut parler, mais il ne parvint pas à dépouiller tout respect humain ; sa voix avait une bonhomie-forcée, un peu rude :

— « Allons, mon vieux, allons... C'est fini... A quoi bon se mettre dans cet état-là... »

Il se tut et se contenta de garder contre lui le buste du petit. Mais sa curiosité le travaillait :

— « Qu'est-ce qui t'a pris, voyons ? » reprit-il avec plus de douceur. « Qu'est-ce qui s'est passé ? C'est lui qui t'a entraîné ? »

— « Oh non. Lui, ne voulait pas. C'est moi, moi tout seul. »

— « Mais pourquoi ? »

Pas de réponse. Antoine poursuivit gauchement :

— « Tu sais, je connais ça, les liaisons au collège. Tu peux m'avouer bien des choses, à moi. je sais ce que c'est. On se laisse entraîner... »

— « C'est mon ami, voilà tout », souffla Jacques sans quitter l'épaule de son frère.

— « Mais », hasarda l'autre, « qu'est-ce que... vous faites ensemble ? »

— « Nous causons. Il me console. »

Antoine n'osait pas aller plus avant. « Il me console... » L'accent de Jacques lui serrait le cœur. Il allait dire : « Tu es donc bien malheureux, mon petit ? » lorsque Jacques ajouta crânement :

— « Et puis, si tu veux savoir tout : il me corrige mes vers.

Antoine répliqua :

— « Ah, ça, c'est très bien, ça me plaît beaucoup. Je suis très content, vois-tu, que tu sois poète. »

— « Vrai ? » fit l'enfant.

— « Oui, très content. Je le savais d'ailleurs. J'ai déjà lu des poèmes de toi, j'en ai quelquefois trouvé, qui traînaient. Je ne t'en ai pas parlé. D'ailleurs, nous ne causions jamais ensemble, je ne sais pas pourquoi... Mais il y en a qui me plaisent beaucoup : tu as certainement des dons, il faudra en tirer parti. »

Jacques se pencha davantage :

— « J'aime tant ça », murmura-t-il. « Je donnerais tout pour les beaux vers que j'aime. Fontanin me prête des livres ; — tu ne le diras pas, dis, à personne ? — C'est lui qui m'a fait lire Laprade, Sully-Prudhomme, et Lamartine, et Victor Hugo, et Musset... Ah, Musset ! Tu connais ça, dis :

« *Pâle étoile du soir, messagère lointaine*
« *Dont le front sort brillant des voiles du couchant...*

« Et ça :

« *Voilà longtemps que celle avec qui j'ai dormi,*
« *O Seigneur, a quitté ma couche pour la vôtre,*

« *Et nous sommes encor tout mêlés l'un à l'autre,*
« *Elle à demi vivante et moi mort à demi...*

« Et *le Crucifix* de Lamartine, tu le con-
naîs, dis :

« *Toi que j'ai recueilli sur sa bouche expirante,*
« *Avec son dernier souffle et son dernier adieu...*

« C'est beau, hein, c'est fluide ! Chaque
fois, ça me rend malade. » Son cœur débordait. « A la maison », reprit-il, « on ne comprend rien, je suis sûr qu'on m'embêterait
si on savait que je fais des vers. Tu n'es
pas comme eux, toi », — et il pressait le
bras d'Antoine contre sa poitrine, « je m'en
doutais bien depuis longtemps ; seulement
tu ne disais rien ; et puis tu n'es pas souvent
là... Ah, je suis content, si tu savais ! Je
sens que maintenant je vais avoir deux amis
au lieu d'un ! »

— « *Ave Cæsar, voiqi la Gauloise aux yeux bleus...* »,
récita Antoine en souriant.
Jacques s'écarta.
— « Tu as lu le cahier ! » s'écria-t-il.
— « Mais voyons, écoute... »
— « Et papa ? » hurla le petit, avec un

accent si déchirant qu'Antoine balbutia :

— « Je ne sais pas... Peut-être l'a-t-il un peu... »

Il ne put achever. L'enfant s'était jeté dans le fond de la voiture et se roulait sur les coussins, la tête entre ses bras.

— « C'est ignoble ! L'abbé est un jésuite, un salaud ! Je lui dirai, je lui crierai en pleine étude, je lui cracherai à la figure ! On peut me chasser de l'École, je m'en fous, je me sauverai encore ! Je me tuerai ! »

Il trépignait. Antoine n'osait souffler mot. Tout à coup l'enfant se tut de lui-même, s'enfonça dans le coin, se tamponna les yeux ; ses dents claquaient. Son silence était plus alarmant encore que sa colère. Heureusement le fiacre descendait la rue des Saints-Pères ; ils arrivaient.

Jacques sortit le premier. Antoine, en payant, ne quittait pas son frère de l'œil, craignant qu'il ne prît sa course dans la nuit, au hasard. Mais l'enfant semblait abattu ; sa figure de gamin des rues, balafrée par le voyage et fripée par le chagrin, était sèche, ses yeux baissés.

— « Sonne, veux-tu ? » dit Antoine.

Jacques ne répondit pas, ne bougea pas. Antoine le fit entrer. Il obéissait docilement. Il ne pensa même pas à la curiosité de la mère Fruhling, la concierge. Il était écrasé par l'évidence de son impuissance. L'ascenseur l'enleva, comme un fétu, pour le jeter sous la férule paternelle : de toutes parts, sans résistance possible, il était prisonnier des mécanismes de la famille, de la société.

Pourtant, lorsqu'il retrouva son palier, lorsqu'il reconnut le lustre allumé dans le vestibule comme les soirs où son père donnait ses dîners d'hommes, il éprouva une douceur, malgré tout, à sentir autour de lui l'enveloppement de ces habitudes anciennes ; et lorsqu'il vit venir, boitillant vers lui du fond de l'antichambre, Mademoiselle, plus menue, plus branlante que jamais, il eût envie de s'élancer, presque sans rancune, dans ces petits bras de laine noire qui s'écartaient pour lui. Elle l'avait saisi et le dévorait de caresses, tandis que sa voix trébuchante, psalmodiait, sur une seule note aiguë :

— « Quel péché ! Le sans-cœur ! Tu voulais donc nous faire mourir de chagrin ? Dieu bon, quel péché ! Tu n'as donc plus de cœur? » Et ses yeux de lama s'emplissaient d'eau.

Mais la porte du cabinet s'ouvre à deux battants, et le père surgit dans l'embrasure.

Du premier coup d'œil il aperçoit Jacques et ne peut se défendre d'être ému. Il s'arrête cependant et referme les paupières ; il semble attendre que le fils coupable se précipite à ses genoux, comme dans le Greuze, dont la gravure est au salon.

Le fils n'ose pas. Car le bureau, lui aussi, est éclairé comme pour une fête, et les deux bonnes viennent d'apparaître à la porte de l'office, et puis M. Thibault est en redingote, bien que ce soit l'heure de la vareuse du soir : tant de choses insolites paralysent l'enfant. Il s'est dégagé des embrassades de Mademoiselle ; il a reculé, et reste debout, baissant la tête, attendant il ne sait quoi, ayant envie, tant il y a de tendresse accumulée dans son cœur, de pleurer, et aussi d'éclater de rire !

Mais le premier mot de M. Thibault semble l'exclure de la famille. L'attitude de Jacques, en présence de témoins, a fait s'évanouir en un instant toute velléité d'indulgence ; et, pour mâter l'insubordonné, il affecte un complet détachement :

187

— « Ah, te voilà », dit-il, s'adressant à Antoine seul. « Je commençais à m'étonner. Tout s'est normalement passé là-bas ? » Et, sur la réponse affirmative d'Antoine, qui vient serrer la main molle que son père lui tend : « Je te remercie, mon cher, de m'avoir épargné une semblable démarche... Une démarche aussi pénible ! »

Il hésite quelques secondes, il espère encore un élan du coupable ; il décoche un coup d'œil vers les bonnes, puis vers l'enfant, qui fixe le tapis avec une physionomie sournoise. Alors, décidément fâché, il déclare :

— « Nous aviserons dès demain aux dispositions à prendre pour que de pareils scandales ne se renouvellent jamais. »

Et quand Mademoiselle fait un pas vers Jacques pour le pousser dans les bras de son père, — mouvement que Jacques a deviné, sans lever la tête, et qu'il attend comme sa dernière chance de salut, — M. Thibault, tendant le bras, arrête Mademoiselle avec autorité :

— « Laissez-le ! Laissez-le ! C'est un vaurien, un cœur de pierre ! Est-ce qu'il est digne des inquiétudes que nous avons tra-

versées à cause de lui ? » Et, s'adressant
de nouveau à Antoine, qui cherche l'instant
d'intervenir : « Antoine, mon cher, rends-
nous le service de t'occuper, pour cette
nuit encore, de ce garnement. Demain, je te
promets, nous t'en délivrerons. »

Il y a un flottement : Antoine s'est appro-
ché de son père ; Jacques, timidement, a
relevé le front. Mais M. Thibault reprend
sur un ton sans réplique :

— « Allons, tu m'entends, Antoine ? Em-
mène-le dans sa chambre. Ce scandale n'a
que trop duré. »

Puis, dès qu'Antoine, menant Jacques
devant lui, a disparu dans le couloir où les
bonnes s'effacent le long du mur comme
sur le chemin du poteau d'exécution, M. Thibault, les yeux toujours clos, rentre dans
son cabinet et referme la porte derrière lui.

Il ne fait que traverser la pièce pour
entrer dans celle où il couche. C'est la chambre de ses parents, telle qu'il l'a vue dès sa
prime enfance dans le pavillon de l'usine
paternelle, près de Rouen ; telle qu'il l'a
héritée et apportée à Paris lorsqu'il est venu
faire son droit : la commode d'acajou, les
fauteuils Voltaire, les rideaux de reps bleu

le lit où, l'un après l'autre, son père, puis sa mère sont morts ; et, suspendu devant le prie-dieu dont Mme Thibault a brodé la tapisserie, le christ qu'il a lui-même, à quelques mois de distance, placé entre leurs mains jointes.

Là, seul, redevenu lui, le gros homme arrondit les épaules ; un masque de fatigue paraît glisser de son visage, et ses traits prennent une expression simple, qui le fait ressembler à ses portraits d'enfant. Il s'approche du prie-dieu et s'agenouille avec abandon. Ses mains bouffies se croisent d'une façon rapide, coutumière : tous ses gestes ont ici quelque chose d'aisé, de secret, de solitaire. Il lève sa face inerte ; son regard, filtrant sous les cils, s'en va droit vers le crucifix. Il offre à Dieu sa déception, cette épreuve nouvelle ; et, du fond de son cœur délesté de tout ressentiment, il prie, comme un père, pour le petit égaré. Sous l'accotoir, parmi les livres pieux, il prend son chapelet, celui de sa première communion, dont les grains après quarante années de polissage coulent d'eux-mêmes entre ses doigts. Il a refermé les yeux, mais il garde le front tendu vers le Christ. Personne jamais ne

lui a vu, dans la vie, ce sourire intérieur,
ce visage dépouillé, heureux. Le balbutie-
ment de ses lèvres fait un peu trembler ses
bajoues, et les coups de tête qu'il donne à
intervalles réguliers pour dégager son cou
hors du col, semblent balancer l'encensoir
au pied du trône céleste.

Le lendemain Jacques était seul, assis
sur son lit défait. Il ne savait que devenir,
par cette matinée de samedi, qui n'était pas
vacances, au contraire, et qu'il passait là,
dans sa chambre. Il songeait au lycée, à la
classe d'histoire, à Daniel. Il écoutait les
bruits matinaux qui ne lui étaient pas fami-
liers et lui semblaient hostiles, le balai sur
les tapis, les portes que les courants d'air
faisaient grincer. Il n'était pas abattu :
plutôt exalté ; mais son inaction, et cette

menace mystérieuse qui planait dans la
maison, lui causaient un intolérable malaise.
Il eût recherché comme une délivrance
l'occasion d'un dévouement, d'un sacrifice
héroïque et absurde, qui lui eût permis
d'épuiser d'un coup ce trop-plein de tendresse
qui l'étouffait. Par instants, la pitié qu'il
avait de lui-même lui faisait redresser la
tête, et il savourait une minute de volupté
perverse, faite d'amour méconnu, de haine
et d'orgueil.

Quelqu'un remua le bouton de la serrure.
C'était Gisèle. On venait de lui laver les
cheveux et ses boucles noires séchaient sur
ses épaules ; elle était en chemise et en pan-
talon ; son cou, ses bras, ses mollets étaient
bruns, et elle avait l'air d'un petit algérien,
dans sa culotte bouffante, avec ses beaux
yeux de chien, ses lèvres fraîches, sa tignasse
ébouriffée.

— « Qu'est-ce que tu veux ? » fit Jacques
sans aménité.

— « Je viens te voir », dit-elle en le regardant.

Ses dix ans avaient deviné bien des choses,
cette semaine. Enfin, Jacquot était revenu.
Mais tout n'était pas rentré dans l'ordre,

puisque sa tante, en train de la coiffer, venait
d'être appelée auprès de M. Thibault, et
l'avait plantée là, les cheveux au vent, lui
faisant promettre d'être sage.

— « Qui a sonné ? » demanda-t-il.

— « M. l'abbé. »

Jacques fronça les sourcils. Elle se hissa
sur le lit, à son côté :

— « Pauvre Jacquot », murmura-t-elle.

Cette affection lui fit tant de bien que,
pour la remercier, il la prit sur ses genoux
et l'embrassa. Mais il avait l'oreille au guet :

— « Sauve-toi, on vient ! » souffla-t-il,
en la poussant vers le couloir.

Il eût à peine le temps de sauter à bas
du lit et d'ouvrir un livre de grammaire.
La voix de l'abbé Vécard s'éleva derrière
la porte :

— « Bonjour, ma mignonne. Jacquot est
par ici ? »

Il entra et s'arrêta sur le seuil. Jacques
baissait les yeux. L'abbé s'approcha et lui
pinça l'oreille :

— « C'est du joli », fit-il.

Mais l'aspect buté de l'enfant lui fit aussitôt changer de manière. Avec Jacques il
agissait toujours prudemment. Il éprouvait

pour cette brebis souvent égarée une dilection particulière, mêlée de curiosité et d'estime ; il avait bien distingué quelles forces gisaient là.

- Il s'assit et fit venir le gamin devant lui :

— « As-tu au moins demandé pardon à ton père ? » reprit-il, quoiqu'il sût fort bien à quoi s'en tenir. Jacques lui en voulut de cette feinte ; il leva sur lui un regard lisse, et fit signe que non. Il y eut un court silence.

— « Mon enfant », poursuivit le prêtre d'une voix contristée, un peu hésitante, « tout cela me fait beaucoup de peine, je ne le cache pas. Jusqu'ici, malgré ta dissipation, j'ai toujours pris ta défense auprès de ton père. Je lui disais : " Jacquot a bon cœur, il y a de la ressource, patientons. " Mais aujourd'hui, je ne sais plus que dire, et, ce qui est plus grave, je ne sais quoi penser. J'ai appris sur toi des choses que jamais, jamais je n'aurais osé soupçonner. Nous reviendrons là-dessus. Mais je me disais : " Il aura eu le temps de réfléchir, il nous reviendra repentant ; et il n'y a pas de faute qui ne puisse être rachetée par une sincère contrition. " Au lieu de cela, te voici avec ta mauvaise figure, sans un geste de regret, sans une larme. Ton pauvre père, cette fois, en est découragé : il m'a fait peine. Il se demande jusqu'à quel degré de perversion tu es descendu, si ton cœur est totalement desséché. Et, ma foi, je me le demande aussi. »

Jacques crispait les poings au fond de ses poches et comprimait le menton contre sa poitrine, afin qu'aucun sanglot ne pût jaillir de sa gorge, afin qu'aucun muscle du visage ne pût le trahir. Lui seul savait combien il souffrait de ne pas avoir demandé pardon, quelles larmes délicieuses il eût versé s'il eût reçu l'accueil de Daniel ! Non ! Et puisqu'il en était ainsi, jamais il ne laisserait soupçonner à personne ce qu'il éprouvait pour son père, cet attachement animal, assaisonné de rancune, et qui semblait même avivé depuis qu'aucun espoir de réciprocité ne le soutenait plus !

L'abbé se taisait. La placidité de ses traits rendait plus pesant son silence. Puis, le regard au loin, sans autre préambule, il commença, d'une voix de récitant :

— « *Un homme avait deux fi's. Or, le plus jeune des deux, ayant rassemblé tout ce qu'il avait, partit pour une région étrangère*

*et lointaine ; et là il dissipa son bien en vivant
dans le désordre. Après qu'il eût tout dépensé,
il rentra en lui-même et dit : Je me lèverai et
je m'en irai vers mon père, et je lui dirai :
Mon père, j'ai péché contre le ciel et à tes
yeux, je ne suis plus digne d'être appelé ton
fi. Il se leva donc et s'en fut vers son père. Et
comme il était encore loin, son père l'aperçut
et il fut touché de compassion ; et courant à
lui, il le serra dans ses bras et l'embrassa.
Mais le fi lui dit : Mon père, j'ai péché contre
le ciel et à tes yeux, et je ne suis plus digne
d'être appelé ton fi... »*

A ce moment, la douleur de Jacques fut
plus forte que sa volonté : il fondit en
larmes.

L'abbé changea de ton :

— « Je savais bien que tu n'étais pas
gâté jusqu'au fond du cœur, mon enfant.
J'ai dit ce matin ma messe pour toi. Eh bien,
va comme l'Enfant prodigue, va-t'en trouver
ton père, et il sera touché de compassion.
Et il dira, lui aussi : *Réjouissons-nous, car
mon fi, que voici, était perdu, mais il est
retrouvé !* »

Alors Jacques se souvint que le lustre du
vestibule était illuminé pour son retour, que

M. Thibault avait gardé sa redingote ; et
l'idée qu'il avait peut-être déçu les prépa-
ratifs d'une fête, l'attendrit davantage.

— « Je veux te dire encore autre chose »,
reprit le prêtre, en caressant la petite tête
rousse. « Ton père a pris à ton sujet une
grave détermination... » Il hésita, et tout
en choisissant ses mots, il passait et repassait
la main sur les oreilles décollées, qui plaient
le long de la joue et se redressaient comme
des ressorts, et devenaient brûlantes ; Jacques
n'osait bouger. «... une détermination que
j'approuve », appuya l'abbé, posant son index sur ses lèvres et cherchant avec insis-
tance le regard du petit. « Il veut t'envoyer
quelque temps lo n de nous. »

— « Où ? » s'écria Jacques, d'une voix
étranglée.

— « Il te le dira, mon enfant. Mais, quoi
que tu puisses en penser d'abord, il faut
accepter cette sanction d'un cœur contrit,
comme une mesure prise pour ton bien.
Peut-être, au début, sera-ce un peu dur
quelquefois de te trouver des heures entières
isolé en face de toi-même : souviens-toi, à
ces moments-là, qu'il n'y a pas de solitude
pour un bon chrétien, et que Dieu n'aban-

197

donne pas ceux qui mettent leur confiance
en lui. Allons, embrasse-moi, et viens demander pardon à ton père. »

Quelques instants plus tard, Jacques ren-
trait dans sa chambre, la figure tuméfiée
par les larmes, le regard en feu. Il s'avança
vers la glace et se dévisagea férocement jusqu'au fond des yeux, comme s'il lui fallait
l'image d'un être vivant à qui hurler sa
haine, sa rancune. Mais il entendit marcher
dans le couloir : sa serrure n'avait plus de
clef : il entassa une barricade de chaises
contre la porte. Puis, se précipitant à sa
table, il griffonna quelques lignes au crayon,
enfouit le feuillet dans une enveloppe, écrivit
l'adresse, mit un timbre, et se leva. Il était
comme égaré. A qui confier cette lettre ?
Il n'avait autour de lui que des ennemis !
Il entr'ouvrit la fenêtre. Le matin était
gris ; la rue déserte. Mais, là-bas, une vieille
dame et un enfant venaient sans se presser.
Jacques laissa tomber la lettre, qui tournoya,
tournoya, et vint se poser sur le trottoir. Il
recula précipitamment. Lorsqu'il hasarda de
nouveau la tête au dehors, la lettre avait
disparu ; la dame et l'enfant s'éloignaient.

Alors, à bout de forces, il poussa un gémissement de bête au piège, et se rua sur son lit, s'arcboutant des pieds au bois, les membres secoués de colère impuissante, mordant l'oreiller pour étouffer ses cris : il lui restait juste assez de conscience pour vouloir priver les autres du spectacle de son désespoir.

Dans la soirée, Daniel reçut le billet suivant :

« Mon ami,

« Mon Amour unique, la tendresse, la beauté de ma vie !

« Je t'écris ceci comme un testament.

« Ils me séparent de toi, ils me séparent de tout, ils vont me mettre dans un endroit, je n'ose pas te dire quoi, je n'ose pas te dire où ! J'ai honte pour mon père !

« Je sens que je ne te reverrai jamais plus, toi mon Unique, toi qui seul pouvais me rendre bon.

« Adieu, mon ami, adieu !

« S'ils me rendent trop malheureux et trop méchant, je me suiciderai. Tu leur diras alors que je me suis tué exprès, à cause d'eux ! Et pourtant, je les aimais !

« Mais ma dernière pensée au seuil de l'au delà, aura été pour toi, mon ami !

« Adieu ! »

(A suivre)

Juillet 1920 — Mars 1921.

TABLE

DE LA

PREMIÈRE PARTIE

I. — M. Thibault et Antoine à la recherche de Jacques. — Le récit de l'abbé Binot...................... 11

II. — Antoine chez Mme de Fontanin. — Interrogatoire de Jenny.................... 27

III. — Mme de Fontanin se présente chez M. Thibault. 42

IV. — La journée de Mme de Fontanin ; sa visite à Noémie 54

V. — Le pasteur Gregory au chevet de Jenny mourante. 70

VI. — Le cahier gris................. 88

VII. — L'escapade. — Jacques et Daniel à Marseille. — Tentative d'embarquement. — La nuit de Daniel. — Vers Toulon. 105

201

LES THIBAULT

VIII. — Antoine ramène Daniel chez sa mère. — Apparition de M. de Fontanin au domicile conjugal..   156

IX. — Retour de Jacques chez son père. — La sanction....   181

ACHEVÉ D'IMPRIMER
LE 10 NOVEMBRE 1922
PAR F. PAILLART A
ABBEVILLE (FRANCE)

Made in the USA
Middletown, DE
28 November 2016